ÖZGÜR BACAKSIZ

BAZI YOLLAR YALNIZ YÜRÜNÜR

DESTEK
yayınları

DESTEK MEDYA GRUBU

DESTEK YAYINLARI: 915
GÜNCEL: 72

ÖZGÜR BACAKSIZ / BAZI YOLLAR YALNIZ YÜRÜNÜR

İmtiyaz Sahibi: Yelda Cumalıoğlu
Genel Yayın Yönetmeni: Ertürk Akşun
Yayın Koordinatörü: Özlem Esmergül
Editör: Devrim Yalkut
Logo: Mutlu Fındıkçı
Kapak Tasarım: İlknur Muştu
Sayfa Düzeni: Işıl Ilgıt Şimşek
Sosyal Medya-Grafik: Tuğçe Budak - Mesud Topal

Destek Yayınları: Mart 2018 (20.000 Adet)
21.-30.Baskı: Nisan 2018
Yayıncı Sertifika No. 13226

ISBN: 978-605-311-386-7

Abdi İpekçi Caddesi No. 31/5 Nişantaşı/İstanbul
Tel.: (0) 212 252 22 42
Faks: (0) 212 252 22 43
www.destekdukkan.com
info@destekyayinlari.com
facebook.com/DestekYayinevi
twitter.com/destekyayinlari
instagram.com/destekyayinlari
www.destekmedyagrubu.com

Deniz Ofset – Nazlı Koçak
Sertifika No. 40200
Maltepe Mah. Gümüşsuyu Cad.
Odin İş Mrk. B Blok No. 403/2
Zeytinburnu / İstanbul

DESTEK yayınları
KARAKARGA
BEYAZ BAYKUŞ
genç DESTEK

BAZI YOLLAR YALNIZ YÜRÜNÜR

Felsefe Kulübü

Yorumlayan ve Derleyen: Özgür Bacaksız

felsefeklubu

DESTEK yayınları

Teşekkür

Derlediğim ve yorumladığım, aforizmalarla şekillendirdiğim, hikâyelerle süslediğim bu felsefi serüvende,

desteğini hiç esirgemeyen yayıncım Yelda Cumalıoğlu'na,
ablalığını ve şefkatini hiç eksiltmeyen Azra Kohen'e,
akıl hocam Mümin Sekman'a,
dost sıcaklığıyla yanımda olan Eddi Anter'e,
değerli Av. Onur Demirceylan'a,
abimiz Hüseyin Cengiz'e,
sevgili Zata'ya,
değerli Ünal Koçak'a,
efsane adam Son Cengiz Aydın'a,

teşekkürü borç bilirim.

Giriş

Her şeyden önce insana entelektüel bir keyif ve manevi bir haz veren "felsefe", insanın gerçek anlamda yolunu bulması için, kafa ve kavram karışıklığını ortadan kaldırması için şarttır.

Bir şeyin *"ne olup ne olmadığını"* gösteren sihirli bir ayna görevi gören bu sözcük, insanın özgürleşmesi için güçlü bir öğretidir.

Günümüzde insanoğlu birtakım zihinsel karışıklıklar yüzünden ciddi sıkıntılar çekmektedir. Bu kaygıyı ve sorunları yaşayan insanlar akıl hastası değil, bilakis düşüncenin karmaşıklığı içinde bir şeylerin üstesinden gelemeyenlerdir.

Yapılan araştırmalar doğrultusunda, çarpık düşünce sistemine ve ezberci anlayışa karşı en iyi ilaç "felsefe"dir.

Her gün yeterli dozda felsefi bilgileri, kitapları okumak insana güç verip, kendisini tanımasını sağlayacaktır.

Güçlü ve umutlu kalmanız dileğiyle.

Özgür Bacaksız

Kitapsız, çiçeksiz, hayvansız, vicdansız, doğrusuz insandan uzak dur.

Umudu öldürüp, nefreti toprağa dikmek isteyenlerden uzak dur.

Hayatı sadece ideoloji ve düşünce olarak görenden uzak dur.

Mutlu olmanı, sorgulamanı, düşünebilmeni kendilerine yapılmış bir tehdit olarak görenlerden uzak dur.

Kendilerine duydukları yabancılık yüzünden karşısındakini kötü bilenlerden uzak dur.

Nefreti evinin kapısına koyan, artık her dışarı çıktığında avucunda nefret taşıyanlardan uzak dur.

İnsan hayatına olan saygısızlığı bir övünç madalyası gibi, gurur mekanizması gibi görenlerden uzak dur.

Kelimeleri özenle seçmeyen, her cümlesi biat olan, her sözcüğü toz olandan uzak dur.

Sesinin tonu kalbinin tonundan çok olanlardan uzak dur.

Çünkü neye çok yaklaşırsan, neyi çok biriktirirsen, ona dönüşürsün.

“Artık kendi dünyasını kazanmıştır, dünyayı kaybeden...”

- Nietzsche

İnsan dünyadan koptukça kendine yaklaştı, beklentilerini azalttıkça öz kimliğine sığındı. İçdünyasını zenginleştirmeyen insan kül oldu, toz gibi savruldu. Kendini ihmal eden, kendi dinginliğinde dinlenmeyen insan, bir zaman sonra kendini yitirdi.

Dışarıdan az şeye gereksinim duyan insan kazandı, ötekileri gerektiği yerde bırakan insan kendi zihninde, varoluşunda parladı.

“Ne çirkin insandır,

geride bırakmayı zevk edinen!”

– Özgür Bacaksız

O hengâmeli yolları, o dostluk şarkılarını, o sıcak temasları, gelişigüzel ara paslarını, sırtını dayadıklarını, güzel şeylerin hırs karışmamış yanlarını unutmak ne acıdır. 21. yüzyılın robotu olmak, hiç arkasına bakmamak. O erik ağaçlarının üstüne çıktığı günü unutup, küresel bir makineye dönenler ne kötüdür.

Egosunun zincirine takılanlar ne âcizdir. Çıktığı kapıları, örttüğü yorganları unutanlar ne muhtaçtır maneviyata...

Ne çirkin bir felsefedir, bir noktaya ulaşınca herkesi geride bırakmak. Mühim olan o noktaya ulaşınca bile “geride bırakmak”.

"Her şey apaçık, bulanık gören sensin."

– Lao Tzu

Arındırmadığın o paslı zihin doğruları hep pas geçti. Gözlerin kirli nehirlere, kalbin inkâra karıştı. Ruhun görmezden geldi açık ve net olanı. Oysa her şey gözlerinin önündeydi, bir bakışın sana katacağı çok şey vardı.

Sen kendisini kandıran, apaçık konuşamayan, korkusunu bir ateş topu gibi üstünde taşıyan sen, cezaların ve suçların yarı ortağı sen...

Artık pürüzsüz bak, artık olanı ve gerçeği gör.

Bulandırmak, yüzleşmemek demek.

"Her şey bitmek için başlar."

- Cicero

Bir şey ne kadar başlar gibi gözükse de er geç biter. Seversin biter, kazanırsın biter, çabalarsın biter, kasanı doldurursun biter, alırsın, büyürsün biter. Hem bu ne hırs, bu ne azim, bu ne genişlik, bu ne yayılmacı politika?

Hepsi bitecek, tozdu, rüyaydı, bitti, bitecek.
Farkında olmasan da sonu hiçlik, hep hiçlik.
Bu dünya hiçbir şeyle övülmeye değmez.

Cicero devam eder, ekler sonuna:

"İnsan her geçen gün biraz daha yalnızlaşır,
kalabalıklar fayda etmez."

Bu ne artislik böyle?

"Göz bir vicdan organıdır."

– Augustinus

Kaçırdın acılı hadiselerden gözlerini, olup bitene razı oldun. Haksızlık karşısında sustun, önemli olana bakmadın. Ağlayışları, iç çekmeleri, çığlıkları duymadın.

Kendi müziğine daldın. Önemsemedin kendin dışında hiçbir şeyi.

Gözlerin... O güzel gözlerin saflığını yitirdi. Görüp de müdahale etmedin, edemedin, çürüdü gözlerin.

Çürüyen vicdanındı.
Bilemedin.

"Her gün bir parça, kendini yontmayı unutma."

– Zeus

İçinde bir şey saklı. Hiç bulmadığın, hiç denemediğin, bir köşede durup hiç bakmadığın. Özünde bir derinlik var, kuyu kazıp hiç inmediğin. Başkalarında göremediğin var.

İçinde gizem, serüven, bilgi olan bir hazine var.

Öz'ün var.
Ruhun var.

Benliğini, düşüncelerini başkasına teslim etme.

"Görülmeye değer hiçbir şeyin olmadığı bir *görüntü bolluğu*."

– Baudrillard

Fotoğrafların çoğaldığı, anlamların azaldığı, konuşmaların arttığı, sessizliğin değerini yitirdiği bir dönem. Görülmeye değer anıların yerini, teknolojiye bağımlı olmuş kültürün aldığı bir yüzyıl. Amacı olmadan konuşanların, kare görsellere yüzlerini sebepsizce sığdıranların, ne yaptığının farkında olmayan binlercesi, belki de milyonlarcası.

Yansıttıklarımız çok, "yansıtmamız gerekenler" az.
Anlamamız gerekenler çok, anlamadan yaptıklarımız çok.

Sükûtun ve anlamın değerini kaybettiği, nesnelerin sebepsizce önem kazandığı dönem.

Ne kaldı konuşulmayan,
görülmeye değer ne kaldı?
İnsan karmaşada kendini kaybetti...
Hiçlik kaldı geriye.

"Ya konuş

ya da konuşmaktan daha değerli şeyler söyle."

– Pisagor

Kullandığımız tüm sözcüklerin anlamlı olabilmesi için, aralarında yeterince "boşluk" muhakkak olmalıydı.

Bunu heba ettik. Boşluğa bile yer vermeden kim ne kadar konuşursa mantığıyla methiyeleri dizdik, latifeleri harcadık.

Susmak nedir, susma payı nedir unuttuk, iki üç cümle daha fazla kurayım deme uğruna, anlaşılma dönemini kaçırdık.

İnce bir ayrıntıdır, şu dünyada ardı ardına kurduğumuz her cümlede birbirimizden uzaklaştık. Çünkü o "boşluğu", anlama ve hissetme algısını bitirdik biz.

Sevgili insan:
Sözleri hiç etme, sözlere, cümlelere değer kat.
Olmadı Pisagor'u dinle.

"Eğer basitçe ifade edemiyorsan,

yeteri kadar anlamamışsın demektir."

- Einstein

Belki de Einstein 21. yüzyıldaki beyin erozyonunun bu denli yükselişte olduğunu görseydi, bu cümleyi kurmaktan vazgeçerdi. Düşüncesizliğin ve anlaşılabilir olmanın mümkün olmadığı bu dönemde gözden kaçırdığımız iki neden var:

"Bilgeler gibi dinlemeyi, çocuklar gibi bakmayı öğrenememek."

Hep çok konuşan, dinleyeceği yerde öğrenme fırsatını kaçıran, anlamadığı için kendisini ifade edemeyen bizler...
Bir çocuk sabrında ve saflığında olmayan bizler, cümlelerin sonuna nokta koyduğu kadar boşluk koyamayan bizler...
Keskin yargılarını yarışa sokan, üstünlüğünü cümlelere taşıyan bizler, bilmediğini bilmiş yapan, bizler...

En güzel gerçekleri, kök salmış doğruları, yapılması gereken iyilikleri gerçekleştiremedik. Bir su yalınlığına kavuşmamışken, ateşli cümlelerde kendimizi yaktık.

Soğutamıyoruz kendimizi sevgili Einstein.

"Kimdir özgür insan?
Kendi kişiliğine bütünüyle hâkim olan;
yoksulluktan, ölümden, zincirden hiç korkmayan,
heyecanlarına karşı gelen,
şan ve şöhreti hiçe sayan;
kendi kendine yetip de başkasından
hiçbir şey beklemeyen,
takıntısız bir küre gibi pürüzsüz,
talihe karşı pervasız,
akıllı ve yapayalnız olan insandır."

– Horatius

"Özgür insan" demek beklentisiz yaşamak demekti, ihtiyaçlarını kendi çabası ve aklıyla yerine getirmekti, kalabalıkların sahte senaryolarına inanmamaktı.

Sor kendine, yüksek sesle, belki içinden.

Özgür müsün?

“Bu dünyaya verilen zararların yarısı kendini önemli hissetmek isteyen insanların eseridir.”

– T. S. Eliot

Bir yola çıktın, ufak tefek taşlardan büyük kayalara dek yürüdün sıcak günlerde. Soğuk günlerde zorlandı için, hep devam ettin sonunu bilmeden. Güzel ovaları, çiçekli uçurumları ziyaret etmeyi unutmadın. Kendini saydın, kendin bildin. O görkemli yolculuk seni **sen** etti.

Ama unuttun geldiğin yolları, ıslanmış günleri, üşümüş ayakları. Dağ gibi egon volkan gibi patladı. O renklenmiş kişiliğin şana yakalandı, şöhreti dilinden düşürmedi. Değişti aklın, birden kendini önemli hissetti, fikirlerin çıldırdı. Her bir parçacığın zarar verdi evrene, insana, metabolizmaya ve dahasına.

Âlemde tekim, yerkürede en güçlüyüm derken unuttun en yükseklerden karınca kadar küçüldüğünü.

Bu dünyaya zarar vermeye başladın, önemli olmanın değil, önemli kalmanın önemini hiç anlamadın sen.
Mavzer gibi taştın.
Şu gördüğün kirlilik senin eserin.

"Kötülüğün galip gelmesi için biricik şart, iyi insanların hiçbir şey yapmamasıdır."

– Edmund Burke

Bir zamanlar kötüler azınlıktı, okulda, işyerinde, dostlar arasında, çevremizde. Elle sayılabilecek kadar azlardı. Eyleme başladıklarında sessiz kaldık, sınırlarımızı, çizgilerimizi geçinceye kadar suskun kaldık. Şans faktörü bazen bize yardımcı olsa da genelde onlar kazandı. Duymak istediğini duymayarak, görmek istediğini hiç görmeyerek, inanmak istediğine inanmayarak tüm hakları kötülere verdik biz.

Şimdi hep bir ağızdan "Kötüler ölmez, uzun yaşar" masalı.

İyiler, kötüleri zamanında öldürmedi de ondan
hep bunlar...

"Sen nesin?
Şüphesiz; sen, sen değilsin.
Sen osun.
Ama sen, sen olaraktan değil.
O, bir giriş şekliyle sana dahil değildir.
Ama, bir çıkış şekliyle de,
senden hariç değildir.
Keza; sen de onun haricinde değilsin.
Bu anlattığım manayla,
senin mevcut olduğunu kastetmiyorum.
Keza sıfatını da.
Şunu anlatmak istiyorum:
Sen hiçbir zaman var olmadın.
Olman da mümkün değil.
Her şeyi bir yana at.
Hiçbir şeyle olma.
Hatta sen, sen olma.
Hele nefsinle hiç olma.
Onunla, yani, Hak'la da olma.
Hatta, onda da olma.
Onunla birlikte de olma.
Fakat, şunu da unutma ki:
Sen, ne bir fanisin; ne de bir
mevcut.
Sen osun; o da sen."

– Muhyiddin İbn-i Arabi

"Anlayanlar yüzünden yalnızlık çektin, bundandır anlamayanlar yüzünden kalabalık olman..."

– Bir Balıkçı

Söyle zahir, söyle hadi. Bundan değil midir bu çıkmaz sokaklar, bu erken kapanan perdeler, roller? Onlar değil miydi en dibindeki, onlar değil miydi en ilk kaçan?

Seni anladıklarını söylediler, seni dinlediklerini söylediler. Kulaklarında ve kalbinde dolaştılar.

Hiç ettiler, anladıklarıyla kayboldular.

Bu kalabalığın suçu yok,
anlamayanlardı bizi bu kargaşaya bırakan.
Bunu bil zahir.

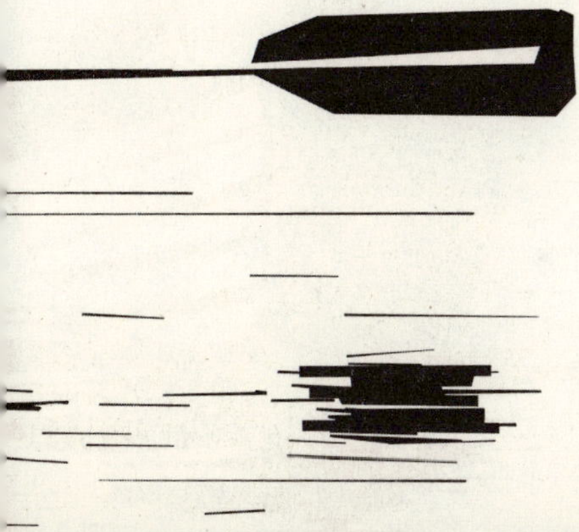

"Gerçeği buldum deme sakın,
bir gerçek buldum de..."

– Halil Cibran

Kimsenin bir şeyi aramadığı ama herkesin her şeyi bulmuş gibi davrandığı bir dönem bu. Kendimizde olmayanı, kendimiz gibi olmayanı bulmamız lazımken, saplanıp kaldığımız bataklık zamanlar bu dönemler.

Ya her şeyi çok sakladık, ya her şeyi çok kaybettik. Bulduğumuza inandığımız, elde avuçta gözükmeyen eylemlerin toplamı bu dönem.

Yalanları art arda koz gibi kullandığımız iskambil kâğıtlarına inanma. Oyun içinde oyunlara kanma.

Gerçek, bildiğinden de ötede.

“İnsan gerçeğe tüm benliğiyle yürümelidir.”

– Platon

Gerçek olanı görüp yürüyememek, doğrunun yolunu göze alamamak ne müthiş bir acıdır. Aklını şaşırtan, kılavuzunu söküp atan insan ne yıkıcıdır. Yanlışa hizmet eden yollara sapanlar ne kırıcıdır.

Gerçeğin dağlarından geçmeyenler, benliğini suya sabuna teslim edenler. Kirli ellerin avuçlarında gerçekten uzak yaşayanlar ah! Ne uzaktırlar gerçeğe!

Ama sen kalbinde vicdan olan, aklında doğruyu bulma eğilimi olan yolcu! Sen özelsin, sen kişiliğini umut dağlarına çıkartan, atlarını güneşli günlere sürdüren sen!

“Gerçek, bir gün sen gibiler uğruna ortaya çıkacaktır.
Er, geç.”

“Dost iyi günde çağrılınca gelir, kötü günde ise kendiliğinden.”

– Demetrios

Dostları uçurum kenarına beklerim, düşecek kenarlara, kıvrımlı yollara. Bir ovanın düzlüğüne değil, bir bataklığın tam ortasına beklerim. Sefamı paylaşan cefama hoş gelmiş diyebilecek dostları beklerim.

Sefama ortak olan, cefamdan kaçmayan dostları orta sahaya beklerim. Kontratağa beraber çıkacağım, karşı defansı beraber yıkacağım dostları beklerim.

Kendiliğinden beklerim,
sessizce.

"Aşırı gitme,

her şey zamanında ve yerinde güzeldir."

– Khilon

Meyve mevsiminde, papatya ikliminde, deniz durgunluğunda, insan sabrında güzeldir. Aceleci haller, gereksiz endişeler, sonu bitmeyen ümitsizlikler acıdır. Kaldı ki zamanında tadılan hissiyat, zamansız tercih edilen mutluluktan daha kıymetlidir.

Everest'in tepesine tırmanan insanlar, zirveyi hemen hedeflemez, zirveye çıkarken manzaranın tadını alır, heyecanını bilir. Önemli olanın başarmaktan önce "güzel bir iş" olduğunu bilir.

Oysa beklemek değerli bir sanattır, kazançtır.
Değeri başta anlaşılmasa da zamanında ortaya çıkar.

"Sahiplenmeye çalıştığın herkes veya her şeyin tutsağına dönüşürsün!"

– Eddi Anter

Kimi sevdiyse insan, ona benzedi. Kimi anlamak, bilmek istediyse ona dönüştü. Baskı kurdukça esir düştü. İyi niyetlerinin en dibinde acıyla baş başa kaldı. Sevgili tutsak oldu, güneş gölge oldu.

Belki de sahiplenmek değil
vazgeçebilmek özgürlüğü getirirdi.

Anlamadı insan, tutuklu kaldı, zorladı.
Kuşlar gibi göçemedi,
esir kaldı kendi kalbinde,
başka bedenlerde.

Sahiplenmenin, en kötü sığınma şekli olduğunu
anlamadan zavallı bir hasta oldu.

Başka şeylere dönüştü insan,
kendini bir sahip görerek.

Nasıl insan olurum?

Bildiğin kadarıyla insan olmazsın,
bilmek istediğin kadarıyla insan olursun.

Biat ettiğin kadar değil sorguladığın kadar özgür olursun.

Zarar vermeyerek değil,
zarar vermeyi bile düşünemeyecek kadar
merhametli olursun.

"Söylediklerinin sadece doğru olmasına değil, konuştuğun kimsenin bu doğruya katlanabilecek olmasına da dikkat et."

– Michel Foucault

Doğrular erdemli insanlara anlatınca anlamlıdır, doğruları alaya alan, bunlara katlanamaz da. Tartışacağın, anlatacağın kişiyi iyi seç.

Bazıları vardır ki doğrunun ağırlığında kaybolur, ahlaksızlaşır. Bazıları da vardır ki doğrunun önünde saygıyla eğilir.

Gerçeğin sarsıcı etkisine katlanamayan insanlardan uzak dur.

"Çaresizlikten bir yudum içmediyseniz, umudun ne demek olduğunu bilemezsiniz."

– Rikako Oryou

Bilmiyorsan derdin ağırlığını, anlamazsın umudun ferahlığını. Umudu, ağı boş çeken balıkçıya sor, son anlarını kanserle geçiren bir hastaya sor.

Ama bir kez olsun tatmadıysan bunu, anlamadıysan karşıdakini, bilemezsin hiçbirini.

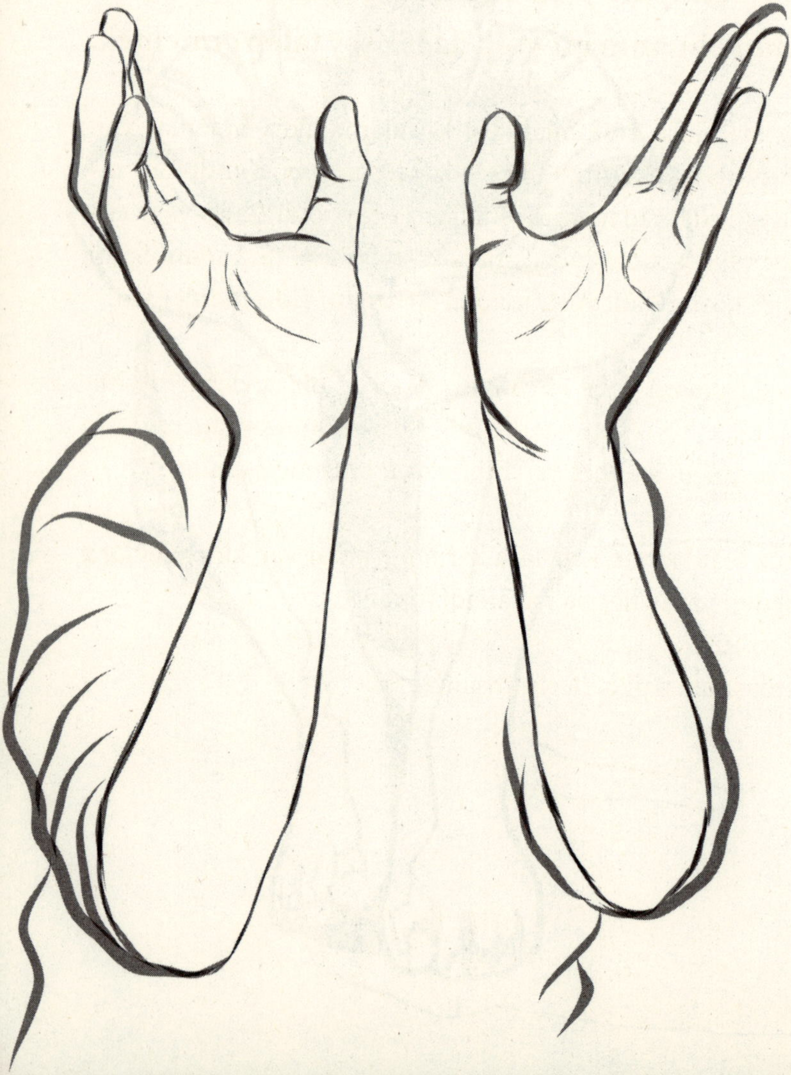

Bulmanın bir yolu da hiçbir şey aramamak, sahip olmanın bir yolu da bir şey talep etmemek.

Aramadıkça, zorlamadıkça, kovalamadıkça bulanlar var. Sahip olmayı düşünmedikçe kazananlar var. Kendi varoluşunda kıpırdamadan, fazlasını istemeden, olduğuyla yetinenler var. Bunca hırs ve azmin diğer tarafında, düz adam Sami Abi gibi koşmadan, yorulmadan istediğini elde edenler var.

Bu insanlara göre en büyük kazanç, bir şeylerin peşine düşmemek, fazlasını istememek. Sahip olunan her şeyi bir vakit sonra kaybedeceğini bilmek bu insanlara mahsus.

Düz olanlar var, kaoslara karışmayanlar var, kalabalıklara girmeden yalnızlığıyla kazananlar var.

Anlaşılması güç, derin insanlar var.

Gönül saf, kimin neler ördüğünü bilmez.
İnanır yıllarca, yalan olan her şeye.

İnsanlar neden kandırılır dostum?
Bilgisiz, cahil oldukları için mi?
Saf, gamsız, gambaz, umursamaz oldukları için mi?

İnsanlar
ilk dakikadan gönülleri çalınarak kandırılır dostum:

"Gönül, akla giden ilk pencere."

"Gamına gamlanıp olma mahzun,
demine demlenip olma mağrur,
ne dem baki, ne gam baki."

- Muhibbi

Yoluna bak sen, eğme başını. Olanla üzme kendini, ne bu hayat sonsuz, ne acılar. Büyüyorsun günden güne, biliyorsun ölümü, anlıyorsun yaşamı az çok. Derde dertlenip, yenilerini ekleme.

Derdi, dermanınla baş başa bırak. Süzül feryatlardan ve çığlıklardan. Sana has değil bunca acı, insanoğluna abanmıştır bunca sancı.

Kaçırma aydınlıkları, teslim etme kendini karanlığa.
Her gecenin bir sabahı vardır.
Güneş baki,
gam toz olur uçar.

Neden bu kadar mutsuzuz?

"Bizler içimizde neyin gizli olduğunu bilmiyoruz, kalplerimizde birikmiş olan duygularımızı dışarıya aktarmayı beceremiyoruz.

Bu yüzden herkes bu kadar mutsuz, mutluluğa bu kadar hasret.

Bu yüzden insanlar içlerinde nasıl büyük bir kuvvetin gizli olduğunu fark etmiyorlar.

Bu gerçeği kimse göremiyor."

– Rabindranath Tagore

Basit yaşamak

Eski zamanların büyükleri uyurken rüya görmezlerdi. Korkuyla uyanmazlardı. Basit yiyecekler yer, derin soluklar alırlardı.

Büyüklerin solukları topuklarından çıkardı, solukları kusmuk ve gırtlaklarından çıkan bugünün vasat insanlarına benzemezlerdi. Bu insanlar şehvet ve arzuyla dolduklarında kutsal doğaları sığlaşır.

Eski zamanların büyükleri hayatı ya da ölümü sevmek konusunda bir şey bilmezlerdi. Doğarken sevinç duymazlardı. Ölüme giderken ıstırap çekmezlerdi. Tasasızca gelir ve giderlerdi. Hepsi bu kadardı. Verilene sevinir; ama üzerinde düşünmezlerdi.

– Çuang Tzu

Yolculuk nedir?

Sadece yol mudur? Şehir ve ülke görmek midir?
Bulunduğu yeri değiştirmek midir?
Deniz görmek, orman görmek midir?

Yolculuk biraz görüşünü değiştirmek, biraz katı fikirlerini değiştirmek, peşin hükümleri, sivri yargıları değiştirmektir.

Kendisine yapışmış tüm kötü deriyi yol ortasında terk etmektir.

Yolculuk gezdiğin zaman üstüne yapışan o kirli gömleği atmaktır. Karanlık havayı, aydınlığa çevirmektir.

Gözyaşları ve kahkaha

Suların yükseldiği sırada Nil kıyısında bir sırtlan ile bir timsah karşılaştılar; durup selamladılar birbirlerini.

Sırtlan konuştu ve dedi: "Günleriniz nasıl geçiyor, efendim?" Ve timsah cevapladı ve dedi: "Kötü geçiyor. Gün oluyor acılarım ve hüznüm içinde ağlıyorum ve yaratıklar diyorlar ki: 'Bunlar yalnızca timsah gözyaşları.' Ve bu beni her sözün ötesinde yaralıyor." Ve sırtlan dedi: "Acınız ve hüznünüzden söz ediyorsunuz ama bir an için beni düşünün. Dünyanın güzelliğine, harikalarına, mucizelerine bakıyorum ve salt bir sevinçle, günün güldüğü gibi gülüyorum. Ve ormanın insanları diyorlar: 'Bu yalnızca bir sırtlan gülüşü.' "

– Halil Cibran

Yalanı diline dolayanın sesi yüksek çıkar. Gerçeği bilenin özünde sessizlik vardır, bu ona yeter.

Yalancılar yüksek sesle konuşur, yüksek sesle ikna etmeye çalışır. Karşıdakinin sesini azaltıp kendi seslerini bastırırlar. Mikrofondan konuşur gibi baş ağrısı yaparlar.

Gerçeğe hâkim olan sessizdir, sessizlerdir. Er geç doğrunun ortaya çıkacağını bilirler. Sessizlik elzemdir onlar için, gürültüden uzakta doğrunun güneş gibi parlamasını beklerler.

Güler yüzlü olmanın önemi

Aristoteles ders esnasında öğrencilerinden birine konuyu en ince ayrıntısına kadar izah ettikten sonra der ki:

"Anladın mı?"

"Evet" der öğrencisi.

Aristoteles:

"Ama sende anladığına dair bir işaret göremiyorum" der.

"O işaret nedir?" diye sorulduğunda, "Güler yüz evladım, güler yüz. Anlamış olsaydın sevinirdin" der.

– Anonim

"Beklemeyi bilen kişinin
ödün vermeye ihtiyacı yoktur."

– Sigmund Freud

Kökleri sağlam bir çınar ağacıdır bekleyen. Ses etmez, sabırdan vazgeçmez. Kendi gölgesinde büyür, gelen rüzgâra, dökülen yapraklara aldırmadan gökyüzüne bakmaya devam eder.

"Yaratıcı kişi, gerektiğinde yalnız kalabilmekten korkmayan insandır" der Engin Geçtan.

Devam eder, Enid Bagnold:

"Yalnızlığın hiçbir şeye ihtiyacı yok.
O her şeyi öğretir."

"Belirsizlik tüm işkencelerin en kötüsüdür."

– Alexandre Dumas

Doğru ve yanlışın ötesinde bir yol, bazen mideye inen bir yumruk, zamansız karın ağrısı.
Sabrı öğreten o sözcük: belirsizlik...
Her şeyin bir anda olmasını isteyen insanlara sanki bir cevap.

İçine düşüp çıkamayacağın bir kuyu içinde yine de "umudu" düşünmek. Yakınlaşmak ama bir anlamda uzaklaşmak.

Uçuruma salınan bir ipte ya sonuna kadar yürümek,
ya da düşüp ölmek.

Yargı, bilgi gerektirir.

"Niçin siz insanlar, bir konudan söz etmek için hemen; bu budalacadır, şu akıllıcadır, bu iyi, şu kötüdür demek zorundasınız?

Bu ne anlama geliyor?

Yargıladığınız eylemin içsel koşullarını araştırdınız mı? Eylemi meydana getiren, onu bir zorunluluk haline getiren nedenleri kesin olarak belirleyebiliyor musunuz? Eğer böyle yapmış olsaydınız, yargılarınızı öne sürerken bu kadar aceleci olmazdınız."

– Goethe

"Kötü davranmak bizden istenir;
iyi davranmak ise, zaten içimizdedir."

– Franz Kafka

Seni her geçen gün farklı biri olmaya iten bu dünyada önemli olan tek şey, içindeki iyiliği terk etmemen, kötü biri olmana zorlayan tüm şartlara, insanlara ve olaylara rağmen hiçbir kötülüğe başvurmaman. Bakışlardaki nefretlere, aldanışlara, yalanlara rağmen cebindeki "kötülüğü" hiç çıkartmaman.

Seni sen yapan, o içindeki çocuk.
Seni tutan, etrafın zalimliğine hiç bulaştırmayan
o iyilik kuşu.

Zalimlere uymanı engelleyen,
çevrendeki güzelliklerle yaşamanı sağlayan,
o sert kötülüklerden seni kaçıran.

O içindeki çocuk.
Ona uy.
Diğerleri!
Sakın ha...
Sen iyi ol.

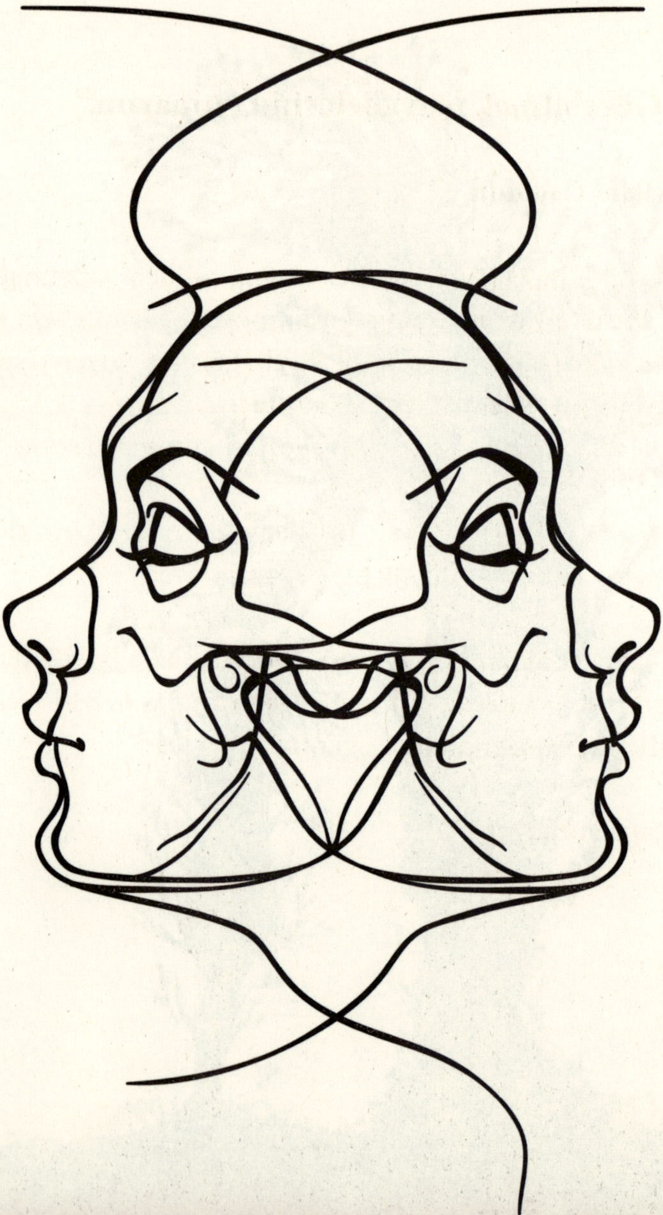

“Görebilmek için gözlerimi yumarım.”

– Paul Gauguin

Büyük sabır lazım, iki gözkapağını aniden kapatmak lazım. En basitini, en acısını, görünmeyeni görmek için rüya lazım, uyku lazım. Ama en çok siyahı görmek, bazen o siyahtan çıkmamak lazım. Geç bir vakitte işin içinden çıkılmayan tüm olaylarda veryansın yerine gözleri yummak lazım.

Bir acıyı kopartıp atmak, yola koyulmak, ufuklardaki ışığı görmek için bazen “büyük bir kapanış” lazım.

Görmeyi öğrenmeden görmemeyi, anlamadan hissetmeyi öğren. İçindeki o serzenişlerin gösterdiği yolu izle. Her şey şimdi orada, neler olup bittiği orada.

Kapa gözlerini.

"Fazla mutlu olmamaktan mutluyuz."

– Shakespeare

Belki mutluluk budur. Ele düşen, her şeyden artan.

Fazlası olmayan, her zaman yeterlisi olan, yukarısına izin vermeyen her şey. İnsana yerini bildiren şey mutluluk.

Çok yükseklere çıkmadan ortadan izlenen bir manzara sanki. Yukarısı düşüş, korku. Aşağısı hiçlik.
Ama en ortası sükûnet.

Mutluluk bu belki de.

“Afrika’da bir köy var.

Ora yerlileri, timsah dolu derin sulara diz boyu girip balık avlarlar.

Yakaladıkları balıkları, trampa için, yakınlarındaki bir başka köye gönderirler.

Öbür köydeki tek sanayi kolu tahtadan takma bacak yapımıdır.”

– Len Deighton

“Düşüncelerinizi
çok açık seçik dile getirmeyin.
Çoğu insan anladığı şeyleri küçümser,
anlamadıklarına saygı duyar.”

– Baltasar Gracián

Hep denk geldim, bir masa başında anlamdan çok anlamsızlık arayanlara. İtinayla izledim anladıklarını küçümseyenlere, yüceltenlere. Dürüstlüğün ve erdemin hiç işe yaramadığı zamanları gördüm. Korktum her şeyi açık konuşmaktan, dile getirdiğim her şeyin toz olmasından. Topluluklardan sakındım doğrular uğruna. Doğruyu bir çıkar gibi görenlerden, yanlış olan şeye kulak verenlerden. Kötü olana, yapılmaması gerekene onay verenlerden korktum.

Düşünceleri açıklamak, düşünceleri anlayanların yanında değerliydi. Korktum dışımı kemirecek insanlardan. İçimdeki düşünceleri boşluğa düşürecek her şeyden.

Hep denk geldim. Anlamış gibi yapanlara,
anlamdan çok uzak olanlara.

"Kendi kökünden, izinden, toprağından kopma. Onlar, bu kötü naçar hayatımızda mutluluğumuzun pınarlarıdır."

– Mehmed Uzun

Önce köyleri bitirdik, sonra mahalleleri, bir süre sonra kentleri... Köklerimizden sökülüyoruz, farkında değiliz. Yabancısı olduk her yerin. Kendi topraklarımızın, tabiatımızın, çimenlerimizin yabancısı olduk. Eski mısır tarlalarını, tarihi küçük esnafı, ara sokak simitçilerini kaybediyoruz...

Batı cazip, batı tatlı gelir oldu. Bitirmişliğin, gözü kapalılığın çözümünü uzaklarda arar olduk. Hafızamızı, anılarımızı yetim bırakır olduk. Oysa ardımızda bıraktıklarımız kadarız, yaşadığımız yerler kadarız.

“Her şeyin geçici ve fani olduğunu unutma ki,
mutlu durumda fazla sevinme,
acı çektiğinde de fazla üzülme.”

– Sokrates

Unuttuğun bir şey var; şu dalında duran meyvenin, akvaryum içindeki balığın, sevdiğin güzel gülüşlerin, cebindeki paraların, sorunların, olumsuzlukların, güzelliklerin her şeyin ama her şeyin devam edeceğini, süreceğini, yaşayacağını düşünüyorsun. Her şeyi yeteri kadar yaşadıktan sonra neden göstermiyorsun olgunluğunu?

Fazlalıkları istemek,
 çok olanı ele geçirmek, fazla yaşamak nedir?
Öyle derinden üzülmek,
 her gün kangren gibi yaşamak ne diye?
Neden bu gereksiz telaşlar?
Her günü kahraman gibi yaşamak ne için?

Senin unuttuğun bir şey var,
hiçbir şey bildiğin gibi değil.
Her şey bilmediklerin gibi, anlamadıkların gibi.

“Önce seni dikkate almıyorlar,
sonra sana gülüyorlar,
sonra seninle mücadeleye girişiyorlar,
sonra sen kazanıyorsun.”

– Mahatma Gandi

Bir bebektin, bir çocuk oldun, sonra ergen, sonra genç, sonra abi, sonra başkası. Zor günler yaşadın. Tanıyamadıkların, anlatamadıkların ve anlayamadıkların oldu. Ama en önemlisi anlayamayanların oldu.

Belki de yıllarca dikkat edilmedi ruhuna, gözlerine odaklanıp neler çektiğini bile görmediler. Bazı arkadaşların arkandan güldü, bazıları kuyu kazmayı bile seninle öğrendi. (...) Ailen yahu ailen! İnanmadı kimse sana! En yakın bildiklerinden geldi o sert yumruk. Ama sen, hep sessiz kalan, içinde boğuşan sen. Sen hep sabrettin değil mi?

Seni büyüttüler, sana verdikleri her acıda seni güçlendirdiler, seni adam ettiler adam...
Onlara teşekkür et,
çünkü sen kazandın.

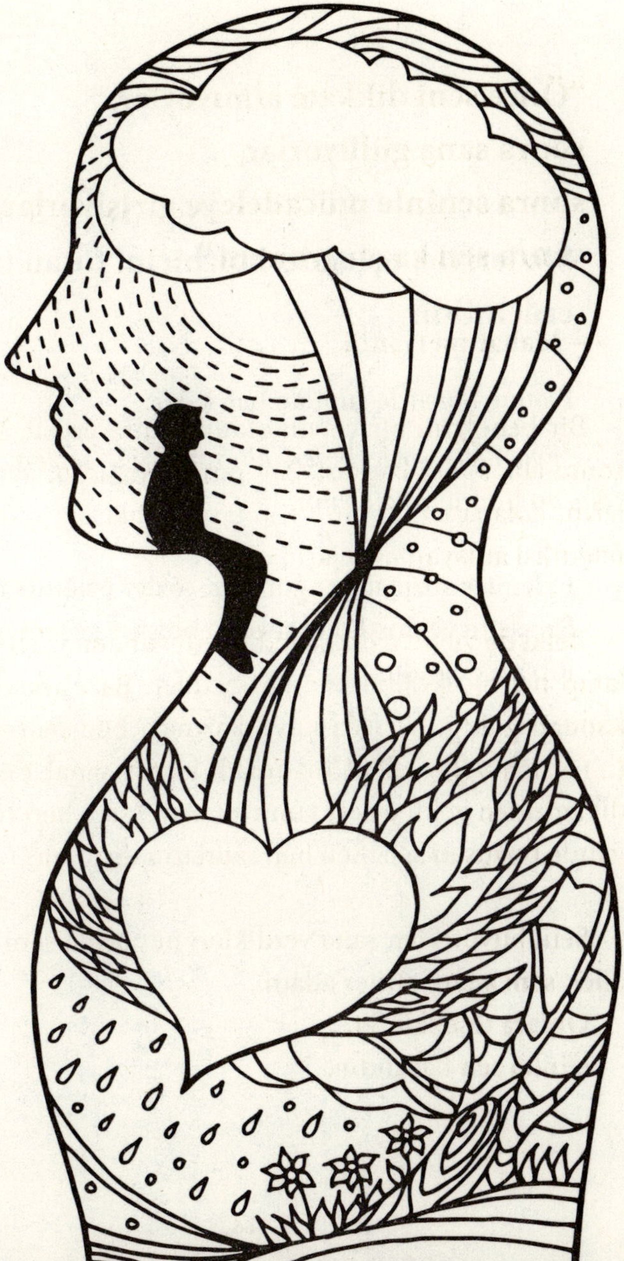

Sözleriyle, eylemleri birbirini tutan insanlar erdemlidir.

Platon, *Şölen*'de şundan bahseder:

"Eylemleri sözlerinden oluşan değil, sözleri eylemlerden oluşan insanlara güvenin."

Eylemler sözle itibar görmez, sözler eylemle itibar görür. Siyasette ve dostlukta sözden ötesine geçemeyen, itibarlı değildir.

Ümit etmek ayrıdır, beklenti ayrıdır.

Ümit yüksek tutulur,
beklenti düşük tutulmalıdır.
Birinin sonu bilinmez,
diğerinin sonu yıkımdır.

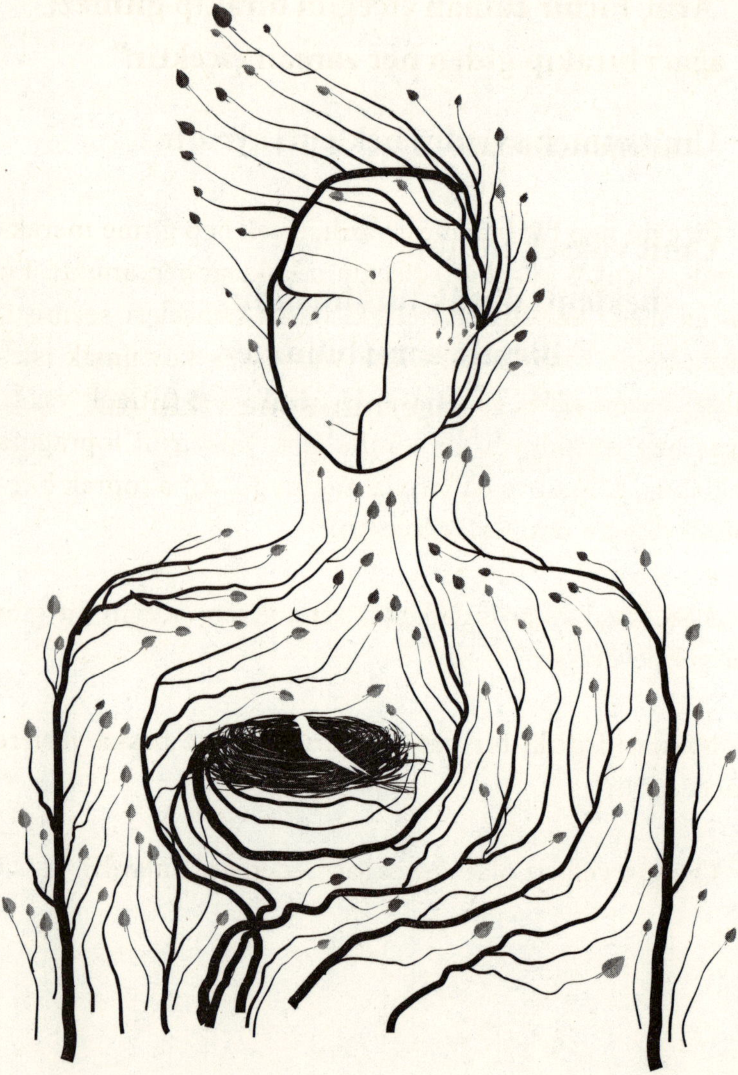

"Ağaç hiçbir zaman çiçeğini bırakıp gitmez; ağacı bırakıp giden her zaman çiçektir."

– Alexandre Dumas

Çiçeğin hep bir bahanesi vardı, çiçek hep gitme meraklısıydı. Çiçeğin güzelliği, çiçeğin o kokusu hep anlıktı. En baştan ağacı kandırmıştı çiçek. Başka bahçeleri seçmişti, başka nehir kenarlarını. Çiçek yola erken koyulmak istemişti. Bazen ağacı kıramasa da içinde hep gitmek vardı. Ağaç hep yerindeydi. İlk günkü gibi. Köklerini toprağına bağlamış, gölgesi ve dallarıyla mutluydu. Ama toprak bilemezdi çiçeğin onu terk edeceğini.

Ağaç nasıl anlardı dallarına renk veren çiçeğin bir gün hiç gelmeyeceğini?

Nasıl bilirdi ki bir gün rüzgârla birlikte başka yerlere göçeceğini?

Çiçeğin vefasız olacağını ağaç neden geç anlardı?

“İnsanlar yalnız değillermiş gibi yapıyorlar; çünkü her zaman yalnızlar.”

– Thomas Bernhard

Bir maskeyle yaşama telaşı var. Kalabalıklarda başkası olma halleri günden güne artıyor. Kendini gizlemek, kendini kalabalık ve farklı göstermek bu çağın bir kanseri. İlacı bulunamayan bir veba. Bulaşıyor, bulaşıyoruz, bulaştırıyorlar. Yalnızlığımızı açıklayamıyoruz, sorunlarımızın çözümünü gösteremiyoruz. Aynalar, garip aynalar! Onlara her baktıkça daha çok kandırıyoruz kendimizi. Farklı biriymiş gibi, görmezden gelir gibi.

Ama görünüyor. Uzaktan olmasa da yakından görünüyor. Bir bakışta, dalışta ve duygularda. Her ne kadar gizlesek de, gözüküyor o... Neden saklar insan bunu? Neden kalabalıkların verdiği sahte mutluluğu asil bir yalnızlığa değişir?

O derin yalnızlığın içinde nelerin gizli olduğunu anlamak için günlerini vermesi gereken insan, kalabalıkların ona ne vermeyeceğini anlayamadı.

Roller, tiyatrolar, oyunlar...
Hepsinin sonunda yalnızdır insan.

Gerisi muamma.

"Çaresizliğin en yaygın davranışı kendin olmamaktır."

– Søren Kierkegaard

Her şey oldun, bazen bir palyaço bazen bir oyuncu. Modernlik uğruna tüm kalıpları denedin. Başkalarının ayakkabılarını giydin, başka söküklerde buldun kendini. Başkalarının sığınaklarında dinlendin. Farklı fısıltıları dinledin hep, kalbinin sesini hep bastırdın. Ayak oldun diğerlerinin düşüncelerine. Hacmini, beynini, ruhunu hiç sorgulamadın. Denemedin bile! O içindeki cevheri, o cevheri büyüten anne şefkatini, maneviyatını unuttun sen!

Başka barkodlarla satıldın sen, alıcılarının ayarlarını başkasına teslim ettin sen. Kendi evrenine yabancılaştın sen. Savruldun sen, savrulmayı sevdin. Düşmeyeceğine inandın, düşürmeyeceklerine kandın. Kendin olamadın sen.

Çaresizliğin bu senin...
Yaşın kaç olursa olsun, kendin ol.
Çözümün bu senin.

“Masumiyetin en mükemmel hali aslında deliliktir.”

– Arthur Miller

Tımarhanelerde masumlar yatar bilir misin? Şu diğer insanların hasta ettikleri, adına deli dedikleri o *masumlar*. Saflığı ve doğallığı hiç kaybolmamış, her hırpalanmada bile o özündeki çekirdeği hiç kırmamış insanlar...

Aleksi Zorba der ki:

“Her insanın kendi deliliği vardır;
bana da öyle geliyor ki, en büyük delilik,
bir deliliğe sahip olmamaktır.”

Ve hepimize öyle geliyor ki deliler bu dünyayı kurtaracak, insanlığı bizlere geri getirecek. Deliler yitirilmiş olan tüm güzellikleri, kaybedilen o tüm iyi şeyleri bir gün bizlere geri verecek.

Sen, bunu okuyan...
Bir tutam deli kal, çok mu?

"Sonuçta, yıllarınızın nasıl geçtiği önemlidir; yaşamınızda kaç yıl olduğu değil."

– Abraham Lincoln

Toplamı düşünürdü insan. Bir pastanın bir parçasını değil tamamını isterdi. Bir parçayla mutlu olamazdı insan hiçbir zaman. Ayrıntılardan çok bütünlüğe önem verirdi. Küçük şeylerin değerini, geçirdiği anları, anıları unuturdu hep. Doğasında vardı insanın, sonuçlara odaklanmak, sonuçların içindeki güzel şeyleri unutmak.

İnsan bir bisiklete biniyordu, bisikletle nereleri gezdiğine değil, ne kadar gezdiğine odaklanıyordu. İnsan yaşamın o güzel penceresine bakmayı, yanı başına konan o kuşları hiç fark etmiyordu.

İnsan bisikletten inecekti bir gün.
İnsan bunu hiç anlamıyordu.
İnsan her güzel şeyin biteceğini bilmiyordu.

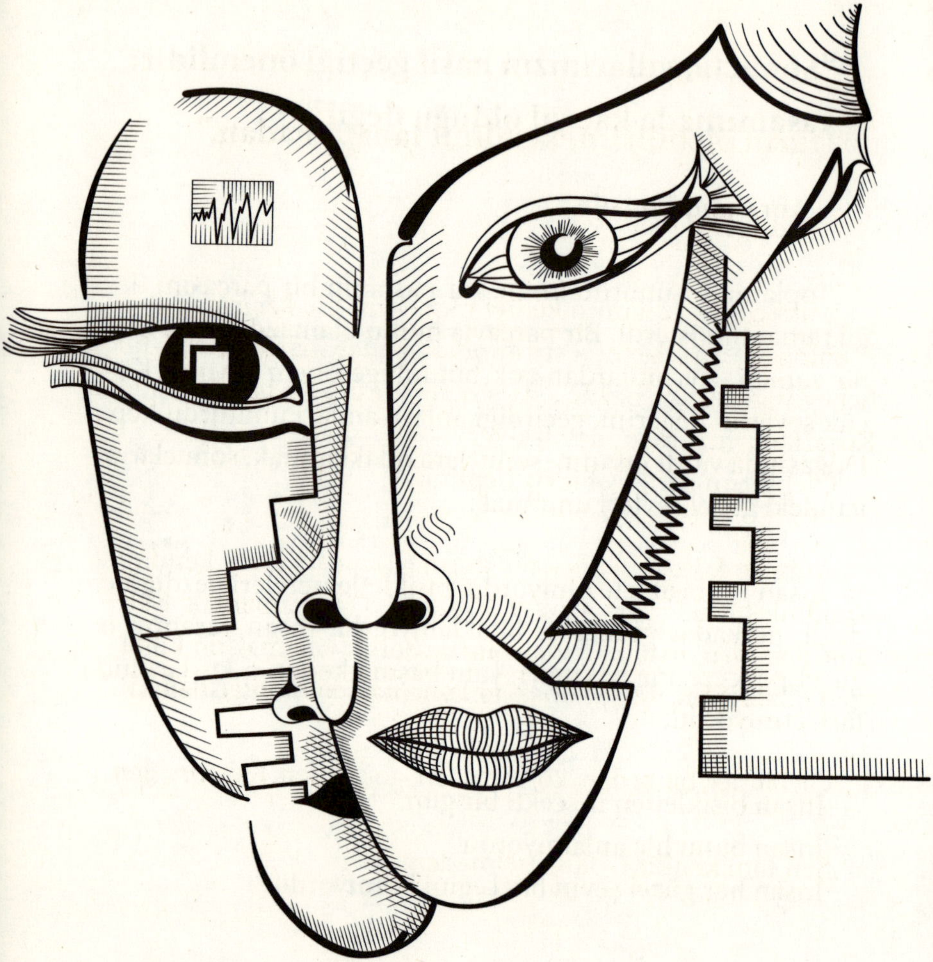

“Yarın ölebilirim, kendimi tanıyamadan.”

– Sadık Hidayet

Belki çok sevdiğim o kediyi okşarken, hiç kaçırmadığım o halı saha maçlarında, rıhtımda, sandal içinde. Belki bir bebeğin gözlerine bakarken ya da uykunun en tatlı yerinde. Koşarken, yürürken, dururken...

Ölebilirim ben, ölebiliriz hepimiz.

Ama en kötüsü nedir bilir misin? Tanıyamamak kendini. Kendinle birlikte şu doğayı, yeşili, maviyi tanıyamamak. Kendine dair olanları anlamadan ölmek. Sorgulamamak bir konuyu, tabiatına hiç uğramamak, anlamamak en muhtaç halleri.

Ölebilirler, bilmeden, koklamadan, görmeden, hissetmeden.

Sen tanı kendini, ölüm gelmeden.

"Bütün yıkımların nedeni odamızda kalmayı bilmememizdir."

- Pascal

Çok sevdiğin o oda, ama her zaman kaçtığın o dört köşe. Sana gerçeği gösteren bir ortam, yerinde durmayı, düşünmeyi, sorgulamayı öğreten o yer... Her şey orada gizliydi. Tüm sorunların çözümü, boğulduğun her olayın çözümü, her sorunun cevabı oradaydı.

Sen kaçmayı tercih ettin, sen düşünmeden, anlamadan kalabalıklara karıştın. Gürültüyü sessizliğe tercih ettin.

Sen o odadan çıkınca dünyan değişti,
göç ettin farklı ülkelere.
Yabancısı oldun kendinin.

Sen o odada kalmalıydın.
Orası sendin.

“Hiç kimse bir maskeyi uzun süre taşıyamaz. Rol yapma, çok geçmeden asıl doğasına döner.”

- Seneca

Kendi senaryona, yalanlarına ne kadar hayranlık duyarsan duy, yine de her şey zamanı gelince özüne döner. Evden çıktığında kafanda kurduğun o başkası olma halleri, o çirkin maskeler, akla gelen kurnazlıklar, onlarla bir yere gidebilirsin ama geri dönemezsin.

Benliğini başkalarının kalıplarına tercih edenler fazla uzun yol gidemez. Tezgâhında çürük meyve satanlar, bir daha halk pazarında yer açamaz.

Rol yapmak hoşa gitse de, kendin olma uğraşından vazgeçtiysen bile takma o maskeyi. Başkaları kokan, hiçlik kokan, kopya kokan o maddeyi alma çevrene. Başkalarının yaratıcılığına çalışma.

Kendi heykelini dik.

"Yalnız olan kişi,
kitleler tarafından ezilmemek için
her zaman mücadele etmek zorundadır."

– Nietzsche

Yalnızın kaderinde vardır bu savaş, hiç bitmez. Kendi algısını ve zeminini korumak için her zaman yorulur. Sürülere, ideolojilere, şirketlere, anlamsız düşüncelere, içi boş, sesli düşüncelere karşı bir savaştır bu.

İstese de bitmez. Tek yolu vardır yalnızın, o basitliği ve sömürü hallerini kendisinden uzaklaştırmak.

Görevi budur yalnızın, realiteyi sahtelikten ayırmak.
Onun olmayan düşünceler altında ezilmemek.

Ayağın demir zincirlerle sımsıkı bağlanmış,
adım atmana izin yok.
Sen kanadın hayalini kuruyorsun.
Olsa ne?
Prangalarını çözmemişsin.

"Kaçınılmazdan kaçmaya çalışmak anlamsız bir çabadır."

– Lara Jefferson

Ruh kaçma derdinde, beden hapis. Kaçamamak korkunç. Üstüne yuvarlanacak o çığ kütlesini beklemek, beklerken hiçbir şey yapamamak incitici. Bazı şeyler aniden bastıran tatlı bir yağmur gibi olmalıydı, hafif ve naif. Kesinleşmiş ve moleküllerine ayrılmış tüm olaylar bu denli üstümüze gelmemeliydi. Tüm çelişkilerin ortasında yaşam bizi bu kadar yormamalıydı.

Toprağa hiç dokunmamak, hiç nefes almamak gibi anlamsız bir şeyler var mesela, belirsizliğin ve netliğin savaşı arasında hırpalanan insanlar var.

Bazı şeyler anlamsız, bazı şeyler hiçbir anlam yükünü kaldıracak güçte değil.

Onları uzun uzadıya anlatmak, ne mümkün. (...)

Kafamdaki her şey bedenimden ağır.

Ruhumu taşıyacak bir ağırlık birimi yok, ayaklarımı yerden kesecek bir çekim gücü yok. Kafamı taşıyamıyorum, bedenim bir kuş. Yollar garip, çizgiler üstüme uzanıyor.

Çözülmeyen her olay, acısını içinden atamamış kalp atımları yaralıyor beni. Bir yerlere çarpıyorum, bir yerlere hep çarpıyorum, durmuyorum. Bir düşüş ki, sanki hiç bitmemiş.

Beynim ağır geliyor, felçli düşünceler doğuruyorum.

Ağırım, düşünceden, maddeden daha ağır.

Karşılıklılık

Öğrencilerinden biri Konfüçyüs'e sordu:

"Üstat, sık sık seçkin insanın karşılıklı davranması gerektiğini söylüyorsunuz. Biraz açar mısınız?"

Konfüçyüs cevap verdi:

"Seçkin insan üç alanda karşılıklı davranmaktan vazgeçmemelidir.

İnsanın bir efendisi varsa ve ona doğru dürüst hizmet vermiyor, buna karşılık kendi hizmetçisinden hizmet bekliyorsa karşılıklılık ilkesini çiğniyordur.

Kim ki atasına, anasına gereken saygıyı göstermiyor, buna karşılık kendi oğullarından saygı bekliyorsa o da karşılıklılık kuralına aykırı davranıyordur.

Bir insan ki, ağabeyini saymıyor ama küçük kardeşinden tam itaat bekliyorsa, o da karşılıklı davranamıyordur.

Seçkin insan hep karşılıklı davranış ilkesine uyar."

Öğrencisi sordu:

"Seçkin insanın, karşılıklı davranma kuralı dışında başka hangi kurallara tam olarak uyması gerekir?"

Konfüçyüs cevap verdi:

"Seçkin insan, gözden hiçbir zaman uzak tutulmaması gereken üç temel bilgiye sahiptir. Bunlar şunlardır:

Kim gençliğinde öğrenmezse, yaşlılıkta hiçbir bilgisi olamaz.

Kim yaşlılığında öğretmezse, ölümünden sonra hiçbir anı bırakmaz.

Kim hali vakti yerindeyken kimseye bir şey vermezse, yoksulluğunda ona yardım edecek kimse olmaz.

Seçkin kişi gençliğinde yetişkin olacağı zamanı, yaşlanacağı zamanı düşünür ve onun için daha çok öğrenmeye çalışır. Yaşlılığında, öleceği zamanı düşünür ve kendini öğretmeye verir. Hali vakti yerindeyken yoksulluğu hiç aklından çıkarmaz ve her fırsatta yoksullara iyilik eder."

***

Öğrencisi "adam olmanın ne olduğunu" sordu. Konfüçyüs şöyle dedi:

"En kısa anlatımıyla adamlık, kendi kendisini yenmek ve güzelliğin kanunlarına yöneltmektir. İnsan, adamlığa böyle yönelir. Adamlığa erişmek her insanın kendi elindedir, asla başkalarının elinde değildir."

Öğrencisi, ayrıntıları açıklamasını istedi. Üstat şu cevabı verdi:

"Güzellik kanununa uymayan hiçbir şeye bakmam... Güzellik kanununa uymayan hiçbir şeyi dinlemem... Güzellik kanununa uymayan hiçbir sözü söylemem... Güzellik amacına uygun olmayan hiçbir şeyi yapmam..."

Öğrencisi de şöyle dedi:

"Kendimi ne kadar zayıf hissetsem de, ben de bu sözlerinize uygun davranmaya çalışacağım..."

***

Konfüçyüs, "Yüce kişinin kederi ve korkusu yoktur" deyince öğrencisi, "Demek ki kedersiz ve korkusuz olmak yüce kişi olmak demektir" diye karşılık verdi.

"Hayır" dedi Konfüçyüs. "Doğrusu şu: Eğer bir insan kendi içini yoklar ve orada kötü bir şey görmezse, neden kederlensin, neden korksun!"

Doğru ile Yalan'ın seyahati

Doğru ile Yalan kendi başlarına seyahat ederlerken bir gün karşılaşmışlar ve artık birlikte dolaşmaya karar vermişler.

Doğru'nun seyahat nedeni, bazı müşterilerinin borçlarıymış. Yalan'sa kafasına göre dolaşıyor, insanlara umut, hayal, hayal kırıklığı dağıtıyormuş.

Birlikte dolaşmaya başladıklarında, nereye gideceklerine Doğru'nun karar vermesinde anlaşmışlar. Ama gittikleri her köyde kötü karşılanmışlar. Kimse yüzlerine bakmıyor, bazı köylerdense sopayla kovalanıyorlarmış. Sonunda Yalan dayanamamış, "Açlıktan, susuzluktan neredeyse öleceğiz. Sen iyi bir önder değilsin. Artık ben baş olayım" demiş. Doğru, çaresiz kabul etmiş.

Bir köye gelmişler. Yalan, bir ev görmüş. Yaşlı kadınlar hiç konuşmadan girip çıkıyorlarmış. Bu evde bir üzüntü yaşandığını hemen anlamış. Gerçekten de evin oğlu bir gün önce ölmüşmüş. Bahçenin bir köşesinde yeni bir mezar bulunuyor, köyün kadınları gelip anneye başsağlığı diliyorlarmış.

Yalan, üzüntülü bir ifade takınmış ve mezarın kenarına çömelmiş. Anne pencereden bu sahneyi görünce yanına gelip "Sen neden ağlıyorsun?" diye sormuş.

Yalan, üzüntülü ifadeyi hiç bozmadan konuşmuş:

"Yeni ölmüş bir çocuğu yeniden hayata döndürmek için gelmiştik arkadaşımla birlikte ama gördük ki bu imkânsız..."

Anne çılgınca bir umutla Yalan'ın üzerine yürümüş ve "Neden imkânsız?" diye sormuş.

"Çünkü günlerdir yemek yemedik. Senin göremediğin bir cinim var, o da aç kaldı, hatta bu yüzden başka çocuklar da ölebilir..."

Anne sormuş: "Peki ya size güzel yemekler versem, oğlumu hayata döndürebilir misiniz?"

Yalan, Doğru'ya susması için işaret ederek, "Bizim işimiz ölüleri canlandırmak, bunun için geldik. Ama cinim çok yemek ister, o kadar yemek bulabilir misiniz?" demiş.

Acılı anne istenen her şeyi bulmuş. Yalan ile Doğru karınlarını doyururken onlara yaşlı kralın da öldüğünü, yerine oğlunun kral olduğunu haber vermiş. Sonra da "Tamam mı, cinin iyice doydu mu, şimdi oğlumu getirir misiniz?" diye sormuş.

"Tamam, iyice doydu" diye cevap vermiş Yalan. "Beni mezara götürün, sonra da krala haber yollayın ki ölüleri diriltenlerin burada olduğunu bilsin."

Kral haberi alınca çok şaşırmış, çevresindekiler hemen babasını dirilttirmesi gerektiğini söylemişler. Sarayda büyük bir heyecan başlamış. Bu arada Yalan, çocuğun mezarını tahta perdeyle çevirtip tek başına mezarın başında kalmış. Dışarıdakiler perdenin arkasından bazı fısıltılar işitmişler. Sonra Yalan başını perdenin üzerinden uzatarak anneye seslenmiş:

"Oğlun gelmeye hazır ama gelemiyor çünkü kralın babası elini tutmuş onu bırakmıyor. 'Dönersek birlikte döneceğiz' diyormuş. Çabuk gidin bunu krala söyleyin..."

Genç krala durumu anlatmışlar ama kral ve kraliçe, Yalan'ın tahmin ettiği gibi, baba kralın dönmesini hiç istemiyormuş. Bir haberci, Yalan'a kralın kararını bildirmiş:

"Baba kralı cennetteki yerinde rahatsız etmeyelim."

Durumu anneye söylemişler, kadıncağız ağlayarak evine dönmüş. Yalan'la Doğru da yola koyulmuşlar. Yalan yola çıkmadan önce tekrar bir güzel karnını doyurmuş ama Doğru'nun boğazından tek lokma geçmemiş.

Bir yol ayrımına geldiklerinde Doğru Yalan'ı durdurmuş, "Yalanla elde eden, doğruyla geri verir" demiş. "Hiçbir önemi yok" diye cevap vermiş Yalan. İkisi ayrı ayrı yönlere gitmişler ve bir daha da hiç karşılaşmamışlar...

"Kendimi dile getirmeyi nasıl da öğrenmek isterdim."

– Albert Camus

Kendimi kendime, kendim olmadığım zamanlarda ne kadar anlatmak isterdim. Aynaları kırmadan, karalar bağlamadan, sızlamadan nasıl anlatırdım kendimi, kendime. İçimdeki o çıkmayanı, dile getirilmeyeni, ama getirilmesi gerekeni nasıl getirirdim? Hep saklanan o hiç ortaya çıkmayan kendimi nasıl kavuştururdum kendime?

İçimdekini duymaya ihtiyacım var, içimdekinin bana ihtiyacı var. Dışımda şekillenen her şeye içimdekinin de bir diyeceği var. Bunu öğrenmek istiyorum.

Yaşamın en yüce görevi belki budur,
insanın "kendini dile getirmesi".

Hiçbir şekilde hiçbir zaman dile getirmediği gibi.
O yüzleşme, o an...
Sadece bir defa.

"Felsefeden konuşmak ya da felsefi konuşanları dinlemek, benim için bir faydadır, sonsuz bir zevktir de. Sizin gibi zenginlerin ve tüccarların sözleri ise hem beni sıkar hem de hiçbir şey yapmadığınız halde, çok şey yaptığınızı düşündüğünüz için acırım size.

Belki sizler beni başarısız biri olarak görüyorsunuz. Ama ben sizin başarısız olduğunuzu sanmıyorum, bunu biliyorum."

– Platon

Muhabbet ehlinin gölgesine sokul, orada dinlen.
En iyi masalları dinle, ders çıkar olan bitenden.
Bilge insanlarla ol, ayrılma oradan.

Ezcümle:

Boş konuşandan, parayı göklere çıkartandan, dünyayı kurtartmış gibi gözükenden uzak dur.

“Bir şeyi kaybedeceğinizi anladığınız zaman, o şeyi daha çok seversiniz.”

- Alfred Adler

Çok iyi hatırlarım o günleri, çocukluğumda kurumuş bir kaktüs vardı balkonumuzda. Sulardım onu her gün, iyi bakardım ona tekrardan yeşermesi için, ama her sabah uyandığımda onu buğday sarısı gördüğümde içimi acıtırdı. Çocukluk umuduydu bu, belki bir bitki olduğunu bile bilmiyordum o zamanlar. Ama istediğim tek şey onun tekrardan yeşermeseydi. Aylar geçtikçe çıplak ayakla balkona gidişim ve onu yeşermeden görmek hayal kırıklığıydı benim için. Çocuktum, umudumu hissediyordum, o yeşerecekti. Belki konuşamıyordum ama biliyordum, buğday sarısına inat, yeşil gözlerimin umudu onu yemyeşil yapacaktı, toprağa teslim olmayacaktı, yeşerecekti.

Ve bir gün onun yavaş yavaş yeşerdiğini gördüm, her gün çok az yeşeriyordu. Bu azlık beni fazla mutlu etmiyordu, çünkü ben bu azlığın umudumun başlangıcı, müjdesi olduğunu bilmiyordum. Bir gün balkona çıktığımda o yemyeşildi, kırmızı bir çiçeği vardı. Çiçeğine elimi attığımda dikeni parmağımı kanatmıştı. İlk defa kaktüs acısını hissetmiştim... Çok ağlamıştım, çünkü o benim her sabah uyandığımda çocukluk duygularımın arkadaşıydı. O günden sonra kaktüse bir daha bakmadım, korkmuştum.

Ve yıllar sonra biraz da olsa anlamıştım bu karmaşık duyguyu, umut *bir düşün başlangıcı*, aynı zamanda *bir düşün bitişiydi.* Hayatın kuralıydı bu, sevmek bazen insanın canını yakıyordu...

Kaybedilen her şey insanın bir zaman sonra onu daha çok sevmesine, saygı duymasına yol açıyor.

Kaybetmek acıdır, sevdiğin şeyi kaybetmek acıdır.

– Özgür Bacaksız

"Yaşamın yolu dönüşmektir, dışlamak değil. Esenlik yasadan daha iyi bir yargıçtır."

– Carl Gustav Jung

Sabır kızmaktan, yumuşaklık nefretten yeğdir. Bu yolculukta amaç sona ulaşmak değil, hep yolda olmaktır. Bu yolda hata yapanlara, bu yolda senin gibi olmayanlara hoşgörülü olmaktır. Yol herkese her şeyi öğretir. Sen bu yoldan çıkma.

Kükreyene, nefret edene, kibirlenene bakma.
Esnek ol, bazen Gandi, bazen Mevlana ol.

Her zaman insan ol.
Yargıç değil, anlayan ol.

Bu en zoru...

"Nice kötülüklerin dışında kaldığımı görmek ne tatlı."

– Nermi Uygur

Bunca imkâna, elde olana, fırsata rağmen özünü korumak, kendini özümsemek. Kaçmak kötü olan her şeyden. Tüm küfürleri bilip kullanmamak gibi. Ne tatlı kaosun dışında kalanlara...

"Bana dokunmayan yılan bin yıl yaşasın" demek değil bu, özünde eritmek tüm hırsı, kini...

Uymamak zalime, diktatöre, elinde taş olana.

Ne hoş, hiçbir kötülüğe bulaşmamak.
Adaletten şaşmayıp insan kalan,
sevgiden ayrılmayıp insan kalan,
ne hoş öyle!

Son Cengiz Aydın abimize ithafen

“Yaşamın,
insanoğlunun ona verdiği anlamın dışında,
bir anlamı yoktur.
İnsan başkalarına yardım etmediği sürece
yapayalnızdır.”

– Erich Fromm

Küçükken yumurtalarını topladığım nenem, mahallede ekmeğini aldığım komşular, ormana diktiğim o fidan, pazarda poşetlerini taşıdığım o annem, sınavda yardım ettiğim o haylaz arkadaşım, acıdığım, duygulandığım, yenildiğim, yendiğim, beraber uyandığım, aynı sofraya oturduğum, aynı türküyü söylediğim, aynı acıya ağladığım, aynı otobüse geç kaldığım, hastane köşelerinde sırtını sıvazladığım o insanlar...

O insanlar olmasaydı yapayalnızdım...
Belki onlar da.

İnsana anlam kat, insan olana, insanlığa bir anlam kat.
Birinin yanında ol.

"Konuşmadan önce düşün;
Gereği var mıdır?
Şefkat barındırıyor mu?
Kimseyi incitebilir mi?
Sessizliği bitirecek kadar değerli mi?"

– Lao Tzu

Bu yüzyılda bütün ironik olayların temelinde insanın düşüncesizliği yatıyor.. Pişmanlıkların, öfkenin, acının, başarısızlığın gölgesinde insanın bu dört ince hususu bilmemesi yatıyor. Cümlelerin boş kullanılmaması için her şeyden önce gerekli olup olmadığı bilincine varmak gerekiyordu. Tüm bunlardan sonra o cümlenin hassas, ince bir kalıpta söylenmesi gerekliydi. Çünkü yumuşak olmayan hiçbir şey karşı tarafta algı uyandırmazdı.

Şu soruyu kendimize sormalıydık:
"Her şeyden, bu sessizlikten önemli miydi konuştuğum şeyler?"

Siyasette, dostlukta, aşkta ve işte incelik barındırmayan her şey bir gün yıkılacak.

"Hani,
çok güçlü bir akıntıya karşı yüzmeye çalışırken birden vazgeçip kendini akıntıya bırakırsın ya, öyle bir şeydi işte."

– George Orwell

Zayıf değildik, güçsüz değildik... Belki de akıntıya karşı biz kazanacaktık. Ama başarmak da değildi bu, hiçbir şeyi kullanamamak, uygulayamamak kadar hissizlikti bu.

Teslim olmaktı sadece. Sulara, hayallere, insanlara, acılara kendimizi bıraktı tüm amaç. Tırmandığımız dağı yarıda bırakmak gibi bir şeydi bu. Kaybolduğumuz orman ortasında yolu aramamaktı bu.

Umutsuzluk da değildi bu, vazgeçmekti.
Beklemekti belki de, ya da ölmekti içten içe.

Oturuyor ve beklemek istiyorsun sadece, bekleyecek bir şey kalmayana kadar beklemek.

Biri Thales'e sorar:

"Sana göre dünyada devamlı olan tek şey nedir?"
"Ümit" diye cevap verir düşünür.
"Zira bizi en son bırakan budur."

"Peki, öyleyse en kolay olan şey nedir?"
diye sorulunca,
"Başkasına nasihat vermek" diye karşılık verir.

"Ne insanlar be!...
Kitap okuyor, hatta onları yanında taşıyor
ama bir insanı anlayamıyor."

– Maksim Gorki

Kültürlüdür, köşeden çok insandır. Elinden gazete, kitap düşmez. Hep bilgilidir, sorusu çok cevabı daha çoktur.

Hep o bilir, burnundan kıl aldırmaz. Dünyayı kurtaracak gibidir, kararları o alır, satrancı o oynar. Bazen bir senarist bazen bir siyasetçi havasındadır. Bulunduğu durumu bilmez, dışarıdan kendisine hiç bakmaz. Daha doğrusu bir gün dışarıdan geçmemiştir. Karşı kaldırımlardan, başka köylerden, semtlerden geçmemiştir. Apartman yöneticisi gibidir, sivrilikle hayatın devam edeceğini düşünür.

Fakat insan anlamaz, insan kalbi bilmez.
Anlamaz maneviyatı, renkleri, sevgiyi, empatiyi.
Hoşgörüyü, gülüşü, iyi şeyleri bilmez.

Ezer bilgisiyle her şeyi, karşısına çıkan her şeyi dağıtır.
Çünkü bilgilidir o.

İnsan anlamaz o.
İnsanlığıyla ölmez o,
bilgisiyle...

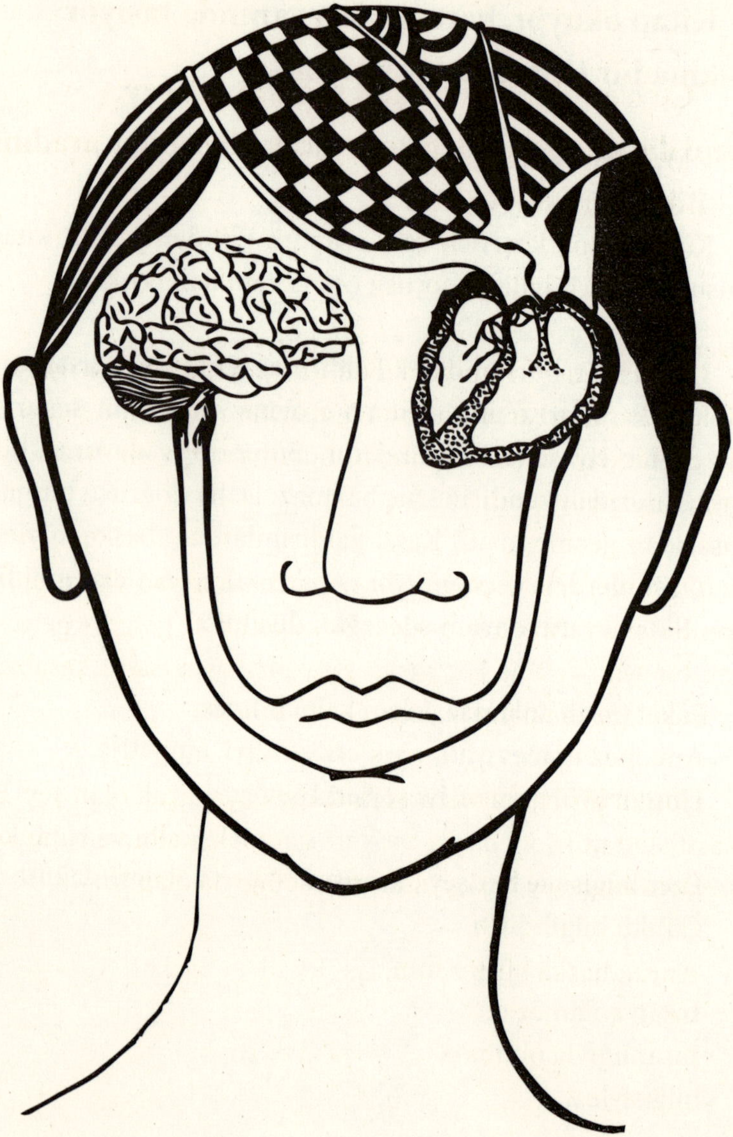

"Çevremde, dayanacak sağlam bir şey; beni düşüncelerimden koruyacak bir sığınak aradım. Böyle bir şey yoktu."

- Sartre

Oldum olası kafamın içinde ufalanan, ama dışarıya hiç çıkmayan cam parçaları var. Ne doktor, ne sabır, ne ilaç, ne de uzaklıklar fayda. Sığınağını bulamadığım bir hastalığın gölgesinde yaşıyorum.

Düşüncelerin ürperti havasında dolaştığı bu yaşlarda insan bir şey istiyor. Tek bir şey. Bir sıcaklık. O gölgeye gelecek tek bir ışık istiyor. Bir başka yüz, bir başka sahil kasabası, masum gözlere dalıp gitmek...

Çünkü bir başka yüzün içindedir dayanacak olan şey. Bu kalabalıktan kaçıp başka bir yere göçmek, kalbi ve ruhu koruyacak olan şey başka insanın aracılığıyla olabilir.

Ancak başka bir insanın...

"Çok bilmenin dört yolu vardır:
Uzun yaşayın. Çok yer gezin.
Güzel kitaplar okuyun (en kolayıdır).
Bilge arkadaşlarınızla
sohbet edin (en eğlencelisidir)."

– Baltasar Gracián

Herkes gücü sever, herkes makamı sever.
Zayıf davrandığında yanında olacak mısın?
Zaafларıyla sevecek misin bir insanı?
Yitirdikleriyle sevecek misin?
Asıl sınav kazanmak mı?

Asıl sınav, kaybedişe ortak olmakla başlıyor.

15 Yaşam Kuralı

1. Büyük başarılar ve iyi bir hayat için risk al.

2. Kaybedince sızlama, acıtan şeyden ders al.

3. Gerçekleşmeyen bir şeyin senin için şans olduğunu da unutma.

4. Her şeyin bir kuralı vardır, plansız ve gayesiz bir işe girme.

5. Yaptığın küçük hataları düzelt, arkanda sökük bırakma.

6. Kalabalıklardan çok yalnızlığı seç, kendinle baş başa kal.

7. Öğrendiğin şeylere saygı duy, farklılıkların farkında ol.

8. Susmanın haklılığına sığın, sessizlik elzemdir.

9. Onurunu rencide eden her şeyden, herkesten uzak dur.

10. Geçmişin musluğunu açma, boşa akıtma.

11. Şu an ne olduğunu, ne olmadığını bil.

12. Bilgilerini, hazzını, acını, maneviyatını paylaş.

13. Çok sık seyahat et, yeni gözler edin.

14. Alışkanlıkların ihtiyaçlarının önüne geçmesin.

15. Sevdiklerine ve evine zaman ayırmayı unutma.

“Bazen uzakta olan bir dost,
yakında elinizin altında olan bir arkadaştan
daha iyidir.”

- Halil Cibran

Dostum, güzel dostum, arıyorum seni uzaklıkların en yakınında, aleve düşmüş her gecede, kalabalıkta kaybolmuş her dakikada. Yıkık kulübemin hiç gitmeyecek bekçisi, kırıklarımın ilacı, dermanınım ilk kalesi. Sesin, anıların, unutturduğun o günler. Varlığın bir anne şefkati hep kulaklarımda.

Herkesten iyiymiş gibi, hiç değişmeyecekmiş, yine ilk olacakmış gibi arıyorum seni.

Sevgili dost bir sapanın çatalı ve sapanı gibiydik.
Fırlatıldık uzaklara.

Düştüğümüz yerlerde buluşalım.

"Sevdiklerinize uçmaları için kanatlar,
geri dönebilmeleri için kökler verin...
Ve de yanınızda kalmaları için nedenler..."

– Dalai Lama

Bir gün çok seveceksin, uçsuz bucaksız. Bir gün hiçbir şeyin farkında olmadan elinden kelebek gibi uçacak her şey. Bazen de beklemediğin bir anda dibinde bitecek mutluluk. İnsanlara kanadını ver, insanlara yaşam suyunu ver... Köklerini ver, dürüstlüğünü ver.

İnsanlara bir gün sana geri dönecek olan her şeyi ver. Tek bir kez pişman olmamak için doğru şeyleri ver.

Kanadı kırılıp dönemeyenlere yardım et,
gökyüzü herkesindir.

Sevgi budur, gidene, dönene, kalana
yol ortasında yardım etmek.

Dışarıda ne var, ne önemi var?
Yaşamınmış, hobilerinmiş, geçtiklerinmiş, takıldıklarınmış ne önemi var?
Bilgiliymişsin, anlamlıymışsın...
Ne önemi var?

Girdin mi içine, keşfettin mi içindeki kişiliğin kokuşmuş olduğunu?
Vardın mı kendinin farkına?
Dışarıda ne var, ne önemi var?

“Mutluluk;
küçük şeyleri fırsata çevirme becerisidir...”

- Aristoteles

Sokaktaki kedi bir gülümsemedir, oltaya takılan balık, kısmet. Adını bilmediğin o güzel şarkı mırıltısı, pencerene konan o kumrular misafirindir... Omzuna düşen o tüyler, sokakta gördüğün o sararmış yapraklar izleridir yolunun. Başın öne eğildiğinde omzunu tutan dostun, daldığında seni izleyen annen... Bir şeyleri değiştirmen için sana yardım eden tüm güzellikler...

Umudun bittiği anda gelen o gelişigüzel olaylar, küçük bir bebeğin göğsünde uyuması ya da...
Hepsi değişmen için.

Aldırma kötülüğe, küçük şeylere sığın.
Umut orada.

"Şu yeryüzünde bir insan için en kötü şey, ondan hiç söz edilmemesidir."

- Oscar Wilde

Küçüktüm, düşünemeyecek kadar çocuk. İyi değildim, zeki hiç değil. Kaç zamandır saf olaylar örgüsünde büyüdüm bilmiyorum. Adım sofrada, muhabbette, masada geçmezdi. Mahallede, okulda, evde varlığım bilinmezdi. Beni nerede ararlardı, kendimi nerede arardım hiç bilemedim. Adımı duymazdım, varlığımı sesli bir tepkide arardım. İyi şeyleri değil, sadece bir şeyler beklerdim. Duyulmak, işitilmek isterdim. Hiçliğin gölgesine sığınmamak isterdim küçük yaşta.

Büyüdüm, anlayacak kadar olgunum ki yine iyi sayılmam. Geçmişi ve hiçliği anladığım bir dönemdeyim. Adım her yerde geçiyor. Telefon rehberlerinde, masalarda, konuşmalarda, yazılarda. İyi şeyleri duyuyorum, geçmişte gelmeyen o övgüleri, sesleri, mırıltıları her şeyi içimde duyuyorum. Yankılanıyor yarım kalan düşlerim içimde.

Bastırılmış bir hayat, dürtülerine gem vurulmuş bir çocukluk, anlatılmamış bir gençlik, hiç paylaşılmamış bir yaşlılık ne acıdır.

İnsanlardan söz et, kıyıda, köşede...
İnsanlardan hep söz et.

"Balık karada yaşamayı öğrenmek için bilgeye yakarır; bilge, 'Karada yaşamayı öğretirsem bizim gibi olursun ve artık asla yüzemezsin' der, balık diretir ve illa da karada yaşamak ister... Bilge balığa bildiklerini öğretir ve tıpkı bir insan gibi balık artık karada yaşamaya başlar. Bir gün öyle çok yağmur yağar, öyle çok yağmur yağar ki, her yer suyla dolar; balık bu kez düştüğü suda boğulur!... Bir dakika önce en büyük hakikatmiş gibi gelen her şey, bir dakika sonra dünyanın en büyük safsatası haline gelebilir!... Alıştığımız her şey bir an gelir ki, tüm bildiklerimizi yok eder!..."

– Tolstoy

"Hep yararı dokunsa bile,
kendi başına yanılmak başkalarının yanlışlarını yinelemekten daha iyidir."

- Maksim Gorki

Her acı bir apolettir, her yanılgı bir ders. Kendi çukuruna düşmek, başkalarının çukurunda boğulmaktan daha iyidir. Bazen düşünüyorum da son nefesimize kadar tecrübe kazanmanın en büyük savaşçıları değil miyiz? İnsanın kendi yarasından, kendi hatalarından öğrendiği her bilgi bir sonsuzluk taşırken, neden sürekli başkalarının yanlışlarıyla yola çıkıp, yolda kalırız?

Neden o yolun kendi eşiğimizde olduğunu anlamayız?

Hayatı başkalarının gölgesinde geçiren ve kendi doğrularını bulmak için hiç hata yapmayı göze almayan insan, nasıl kendini bulurdu?

İnsan kendinin ve tüm yaşadıklarının öğretmeni değil midir?

Yanlış seninse, ondan edindiğin tecrübe de senindir!

“Normal insan kurgudur.”

– Michel Foucault

Birilerinin yazdığını oynamaktan zevk alır, kendisi olmaya cesaret edemez. Kitlelere meraklıdır. Farklı zevklere yönelir, kendi kararlarını hep rafa kaldırır. Pasiftir, eyleme geçmez, geçmeyi düşünmez bile. İlaç uzatan olursa hasta da olur. Asla savaş çıkartamaz, barış da yapamaz. Çünkü kendisi bir eylem korkağıdır. En arkadaysa linç girişimi de yapar, öndekiler düştüğü zaman ilkönce o kaçar, o susar.

Çünkü normal insan, düşünen insanın göze alamayacağı kadar normaldir.

"Hızın rüzgâr gibi, yavaşlığın orman gibi olmalı.
Ateş gibi saldırıp yağmalamalı,
dağ gibi kıpırdamaz olmalısın.
Karanlıklar gibi görünmez,
yıldırımlar ve şimşekler gibi hızlı olmalısın."

– Sun Tzu

Dünya sırlar üzerinde durur, gizemler üzerinde şekil alır. İnsanın özellikleriyle anlam kazanır ve önemini korur. İnsan, nerede olursa olsun bir çelişkiye düşüyorsa her zaman çelik yeleğini giymeli. Tüm tuzaklardan, kötü niyet salyalarından uzaklaşmak istiyorsa eğer, ona bağışlanan ve öğretilen aklı iyiye uygulamalı.

Kirli olmayan yıkanmaz, yanmayan sönmez, kararmayan aydınlanmaz.

“Belirsizlik içinde sürüklenirken
en ufak kedere bile bir can simidi gibi yapışırım.”

– Cioran

Keder belirleyicidir, insanı çabaya iter.
En umutsuz anda bile,
düşüncenin en zayıf halkasında bile
akla ve kalbe girerek insanı sıkıca tutar.

En pesimist filozofa, en umutsuz yazara bile yakın olan **“keder”** belki de insan için çok şeydir.

"Bilinç hastalıktır.
Her şeyi fazlasıyla anlamak hastalıktır."

- Dostoyevski

Beyin önemsiz olan her şeyi arka kısma attı, önemlileri en önde sakladı. İnsanın uzanacağı ve bulacağı yerdekiler en *"acıtan"* kısımlar oldu. Diğerleri fazlasıyla unutuldu. İnsanın mutlu veya mutsuz olması da bu ayrımda başladı. Mutsuzlar önemlilere dalarken, mutlular önemsiz şeyleri de düşünebiliyordu.

Bilinci sağlam olan ve gerçeğe yakın olanlar birer acı fabrikası kurdular, arka taraftakiler bahçeli bir evde, huzur dolu imkânlarla çiçek yetiştirdiler.

Her şeyi anlamak mı lazımdı anlamamak mı?

İnsan kendi kendinin hastası,
aynı zamanda da doktorudur.

Kurtulmamak, anlamamaktır.

"Her şeyi bilmek" mümkün değildir, o vakit "biraz" cahil kalması iyidir insanın. İmkânsızsa eğer, haddini bilmeli cisminin.

"Öfkeden tam arınmaz insan", öfkeden belirli bir miktar kurtulabilir.

"Ego gölgedir" üstünden atmaya çalışsan da, bir parça bulaşmıştır ruhuna, düşüncene. Yine de bunu bildikçe arınır insan egosundan.

Kurtulmak, atlatmak, kaçmak / hep birazıyla mümkündür, tamamını yok etmekle değil.

Geçmişteki bir fotoğraf bile hatırlanınca, bir köşesi gelir akla, bir anı düşünürken bir tarafı akılda kalır.

Unutmak da tam anlamıyla mucize bir şeydir.
Az, biraz... Her şeyden az biraz unutmak ve dengede kalmak.

İyiyi, kötüyü birbirinden ayırmak.
Örneğin, kusursuzluk çabası değil,
kusuru bilme çabası olmalı.

Ortası olmalı aklın.

Dengeli olmalı akıl dediğin,
fazla akıllı ya da kurnaz olmamalı,
çok anlayan, derin düşünen insanın yüreği
mutluluk nedir bilmez çünkü.
Ortası olmalı aklın, tarafı olmamalı.

Yaşamı daraltan şey,
biraz da onu herkesle paylaşmaktır.
Yaşamı genişleten şey
belki insanoğlunun içsel serüvenidir.

Kendi dünyanın derinliklerine dalmak yerine, kendi denizinin ortasında balığa çıkmak yerine, başka okyanusların dalgalarında hiç olma. Yeni ve canlı gördüğün, şanına, rengine aldandığın her şey, uğruna ruhunu sattığın her yaşam hiçtir. Yaşam dediğin kendi yolculuğundur. Uğruna sonsuz kilometreler hazırladığın bu serüven hiçbir zaman senden değerli değildir.

Seni uzatan ve sana anlam katan şey içindeki o maneviyatta gizli.

Bu yol senin yolun, kendin için sadece sen bu yolu yürüyebilirsin.

Ve tertemiz duyumsamak, düşünmek için serpilip yol almak lazım.

Berrak algılamak için insanlardan uzaklaşmak lazım,
efendisiz zihne kulak vermek lazım.

Bırakınız konuşsunlar, bırakınız hırs yapsınlar
bırakınız yaksınlar köprüleri,
izzetle şekil değiştirsinler.

Eksiltmez sizi bunlar,
tüketilmez bir güçtür "sadelik".
İnsan, kalmalı öyle.

Eli kanlı gezen,
temiz suyun hürmetini her zaman görmez.
Kan ele bulaşmışsa,
nefret gözlere işlemişse,
yalan yüreğe yuva yapmışsa
hangi makamda olursan ol kirlendin sen.

Çıkmaz o leke.

Filozoflardan mutluluk

Pers orduları Anadolu'yu geçtiler, Krezüs'ün ordularını püskürttüler ve onu da esir aldılar. Pers Kralı, Krezüs'ün asılmasını emretti. Krezüs, elleri arkadan bağlanarak idam sehpasına doğru yürütüldü. Tam sehpanın üzerine çıkarıldığında Krezüs "Solon ah Solon" diye bağırdı. İdamı seyretmek üzere meydanda bulunan Pers Kralı, filozofun adını duyunca meraklandı, infazı durdurarak Krezüs'ü yanına çağırttı ve ona "Solon ah Solon" diye bağırmasının nedenini sordu.

Krezüs anlattı...

Batı Anadolu'nun tek hâkimi, kralların kralıyken bir gün öğüt almak için Solon'u yanına çağırmıştır Krezüs. Şöyle demiştir Solon:

"Şimdi büyük bir kralsın. Bugüne kadar bütün işlerin yolunda gitti. Ama talih ne kadar güler yüz gösterirse göstersin, insanlar ömürlerinin son gününü tamamlamadan kendilerini mutlu saymamalıdırlar. Şimdi sen kuvvetli bir hükümdar olarak kendini çok mutlu hissediyorsun. Ama insan hayatının bir günü diğerine uymaz, hep değişir. Küçük bir olay olur ve dünyanın en mutlu insanı en mutsuz insanı oluverir. Bu yüzden son gününü de yaşamadan kendini kudretli, başarılı ve mutlu saymamalısın..."

"İşte..." der Krezüs. "İdam sehpasına yürürken daha birkaç gün önce çok kuvvetli bir hükümdar olduğumu ama şimdi asılmaya doğru yürüdüğümü düşündüm ve Solon'un bu sözünü hatırladım..."

Pers Kralı bu sözleri dinledikten sonra Krezüs'ün asılmasını emreder.

***

Demokritos, sofrasına hizmetkârı tarafından getirilmiş olan incirleri yerken bal kokusu almış. Bunun üzerine kokunun nereden geliyor olabileceğini düşünmeye başlamış. İyice meraklanmış. Bahçedeki incir ağaçlarının yanına gitmiş, ağacı ve meyveleri incelemeye başlamış.

Filozofun sofradan kalkıp ağaçların yanına hangi nedenle gittiğini öğrenen hizmetkâr kadın "Boşuna yorulmayın" diye seslenmiş. "Size incir getirdiğim tabağın içinde daha önce bal vardı, onun kokusu sinmiştir..."

Demokritos bu uyarıya çok sinirlenmiş ve kadını azarlamış:

"Sen şimdi benim keyfimi kaçırdın, araştırma hevesimi; gerçeği arama ve bulma zevkimi yok ettin. Ama ben yine de araştıracağım ve doğruyu kendim bulacağım."

Dostluklar

Öğrencileri bilgeye sordular: "Dostluk nedir?"

Bilge anlattı: "Bir tek dostluk yoktur, çeşit çeşit dostluk vardır..."

Öğrenciler sordu: "Dostluğun çeşitleri olur mu?"

Bilge söyledi: "Elbette olur, insan sayısı kadar farklı dostluk vardır. Ama bunlar belli birkaç tür içinde toplanabilir... Dost vardır, maymun gibidir; tencere kaynarken maymun oynar. Bu dost, tencere kaynadığı sürece vardır..."

Öğrenciler sordu: "Böyle dostluk olur mu?"

Bilge cevap verdi: "Elbette olur. Tencere kaynadığı sürece dostluk dostluktur..." Ve sonra devam etti: "Dost vardır, ekmek su gibidir. Senin ihtiyacın olan besini hemen verir..."

Öğrenciler sordu: "Bunları almak için para gerekmez mi?"

Bilge söyledi: "Her dostlukta bir karşılık, her zaman vardır... Bazı dostlar ağaç gibidir. Uzaktadır, bir şey vermesine ihtiyaç yoktur, ama sadece orada güçlü bir şekilde durduğunu bilmek bile insana destek sağlar..."

Öğrenciler sordu: "Hiçbir ilişkinin olmadığı birine dost denebilir mi?"

Bilge cevap verdi: "Neden denmesin? İnsanlar bir kez karşılaşsalar bile birbirlerini dost olarak benimseyebilirler... Bazı dostlar şarap gibidir. İçtiğinde zevk alırsın, zaman geçtikçe de zevki artar. Bu dostluk sadece zevk üstünedir, sen onu iyi şekilde korursun, o zaman keyif verir..."

Öğrenciler sordu: "Sadece keyif üstüne dostluk olur mu?"

Bilge cevap verdi: "Elbette olur, dostların kötü günlerde ortaya çıkması gerekmez... Ama bazı dostlar ilaç gibidir, sadece kötü günler için vardır. Bunlar keyif vermez, ama bir derdin olduğu anda ortaya çıkar..."

Öğrenciler sordu: "Sadece kötü günlerde ortaya çıkana neden dost denilsin?"

Bilge cevap verdi: "Daha da beteri var, bazı dostlar hastalık gibidir, ortaya çıktığı anda sadece dert ve acı getirir..."

Öğrenciler ayaklandı: "Sadece dert getirene dost denilemez..."

Bilge cevap verdi: "Pekâlâ da denilir, çünkü o tür dost kendisinin asla farkında değildir..."

Öğrenciler sormadan bilge devam etti: "Biraz sonra bir vezir ziyarete gelecek, bu soruyu ona da sorun..."

Vezir geldi, öğrenciler sordu: "Dost nedir, hangi dost gerçek dosttur?"

Vezir cevap verdi: "Bilmiyorum, şu anda vezir olduğum için bilemem, ancak azledildiğim zaman bilebilirim..."

Öyle korkma, düşersen düş.

Düşerken aç ki gözlerini, ne için düştüğünü gör.

Nasıl dibe çektiğini bil,
kimin ittiğini bil, acıyı bil, dengeyi bil.

O anın bir mola olduğunu,
bir sınav olduğunu bil.

Bir an gelir ki, kalkar insan yerden.

"İstediğim gibi olmak istemiyorum."

– Gündüz Vassaf

Ben bu değilim, diretilene dönüşüyorum, diretileni sevmek zorunda bırakılıyorum. Ben bu yolların insanı değilim, içimdeki kuşu başka kafeslere koyanlardan iğreniyorum. Dönüşmek zorunda bırakıldığım hiçbir şeyi istemiyorum. Kıvama getirilmek, oltaya iğne olmak istemiyorum.

Ben, evet ben... İstemediğim gibi ben.
Hayır diyerek ben, istemedikleri gibi ben...

Ben, öyle mümkünüm.

Kaygısı olmayana acırım.

Bakıp göremeyen bir insan olmak kolay.
Bir güvercin tedirginliği taşımak zor.
Ama daha da zor olanı kaygılanmamak.
Olup biten her şey karşısında sessiz kalmak,
içinde bir telaş taşımamak...

Yenilgiyi de gülümseyerek kabul edenler sevilesidir.

Asıl kazanan onlardır. Nefrete, rekabete girmeden, olan tüm sonuçlara katlananlar ayrı bir güzeldir. Kişiliğini olaylar sonrasında bozmayan sevilesi insanlardır onlar. Başarısızlıkla biten her şeyin sonunda çevresine gülen, ışık saçan insanlar hiçbir zaman yenilmezler.

Kendi içlerinde her zaman kazanırlar.

İyi olma umudu,
"yaralayan bir gaye"
iyi olmak,
iyi olmayı düşünmek zaten acının ilk noktası.

Başkasının kanatları altında
mutlu gibi gözükmek acıdır,
mutsuz biri olarak
kendi kabuğunda olmak, iyidir.

Öğrenemeyeceksin/öğrenmeyi istemedikçe

Ama yanlış yoldasın, mevsimlerin hızını görmüyorsun, dalda duran çiçeğin inceden düşüşünü izlemiyorsun, insanların düşmesinden haz alıyorsun.

Çok geçmeden toprağa gömülüp çürüyecek olman umurunda bile değil.

Sahte yazgına aldanmışsın. Duruşunu iyi sanıp, ufak bir rüzgârda yıkılacağını bilmiyorsun.

Güzel kılıflar uydurmuşsun uğraşlarına, yalanlarına.
Ama yanlış yoldasın.
Gittiğinden habersiz,
tesirsiz bir acı gibi, pas gibi çürüyorsun o kirli kalbinle.
Amansız servetler biriktiriyorsun dışında,
gönlünde faşizm koşturan bir at.
Ne ahmakça bir yaşam seninki.
Öğrenmedin,
öğrenmeyeceksin yolun sonuna geldikçe.

"Mutluluk uçsuz bucaksız ormanlardadır,
bomboş sahillerdeki coşkudadır.
İnsan elinin değmediği bir yerdedir,
denizin diplerinde ve gürlemesindedir.
İnsanları severim,
ama doğayı daha çok severim..."

– Lord Byron

Kendime hayret ediyorum, kendimden memnunum, aynı zamanda kendimi anlamıyorum, kendimi bazen çok düşünüyorum. Bazen dertliyim, bazen çok mutlu. Arıyorum varoluştaki tüm ipuçlarını, kazıyorum. Kazdığıma düşüyorum. Sağlam temelleri bulamıyorum. Bulmuş gibi oluyorum, tekrardan parlamalar dünyasına kanıyorum. Yargılarım bitmiş ama canlı gibi. Çözdüğüm, emin olduğum bir şey yok. Çıldırıyorum, ayılıyorum, düzeliyorum. Yıpranıyorum... Her şeyin üstümde sürdüğünü biliyorum, her şeyin bensiz geçip gittiğini biliyorum. İnandığım çok şey varmış ama anlama çizgim kaybolmuş gibi. Dünya çok acımasız, yine de her şey Tanrı'nın bir lütfu gibi... Her şey ikili gibi, kalbim ve beynim. Korkum ve inancım... Kendime, düş kırıklıklarıma iki defa inanıyorum... Kendim ve kendim olmayan için. Anlam ve anlamsızlıklara iki defa zaman ayırıyorum... Bilmek ve bilmemek için... Sanki sökülüp dökülen bir parçayım, hiç yerine oturmayacak.

Kaynakça

Albert Camus, *Veba*

Baltasar Gracián, *Akıllı Yaşama Sanatı*

Baltasar Gracián, *Kahramanların Cep Aynası*, Maya Kitap

Cioran, *Burukluk*, Metis Yayınları

Erich Fromm, *Sevme Sanatı*

Nermi Uygur, Bütün Eserleri 1

Franz Kafka, *Aforizmalar*, Altıkırkbeş Yayınları

George Orwell, *1984*

Goethe, *Genç Werther'in Acıları*, İş Bankası Kültür Yayınları

Gündüz Vassaf, *Cehenneme Övgü*

Jean-Paul Sartre, *Bulantı*

Maksim Gorki, *Yaşanmış Hikâyeler*

Mehmed Uzun, *Yaşlı Rind'in Ölümü*

Michel Foucault, *Doğruyu Söylemek*, Metis Yayınları

Nietzsche, *Böyle Buyurdu Zerdüşt*

Nikos Kazancakis, *Zorba*, Can Yayınları

Özgür Bacaksız, *Deli Çocuğun Güncesi*

Platon, *Şölen-Dostluk*

Rabindranath Tagore, *Gora*

Rollo May, *Güç ve Masumiyet*, Say Yayınları

Sigmund Freud, *Uygarlık, Din ve Toplum*, Öteki Yayınevi

Sun Tzu, *Savaş Sanatı*

Thomas Bernhard, *Don*

Tolstoy, *Her Şeye Rağmen Sevgi*